「はい、笑って笑ってー」
星宮はそう言って、俺との距離を縮める。
ふわりと甘い香りが鼻腔をくすぐった。
心臓の鼓動が一気に高鳴る。
何をするかと思えば、
腕同士がくっつくような距離で——
灰原くんの強くて
青春
ニューゲーム
haibarakun no tsuyokute seisyun newgame

青春の「やり直し」でクラスカースト最上位な
美男美女グループの一員になりました。
凛とした雰囲気の
美少女で陽花里の
幼馴染（保護者）
七瀬　唯乃
▶ななせ　ゆいの
バスケが大好きな
元気で明るいみんなの
ムードメーカー
佐倉　詩
▶さくら　うた
1周目の夏希が
片思いしていた
学園のアイドル的
美少女
星宮　陽花里
▶ほしみや　ひかり

バスケ部所属の
見た目も性格も
ややパワー系男子
凪浦 竜也
▶なぎうら たつや
気遣いに長けて
爽やかな
グループのまとめ役
白鳥 怜太
▶しらとり れいた
22歳から15歳に
遡って人生2周目な
無自覚ハイスペック
主人公
灰原 夏希
▶はいばら なつき

「いい？
──私は、あなたが好きだよ。
がんばってるあなたも好きだけど、
本当のあなたも好き」
高校デビューした
夏希をサポートする
幼馴染
Mio
本宮 美織
▶もとみや みおり
ゆっくりと、諭すような口調だった。
だからその言葉が、心に沁み込んでいく。
頬が熱くなったことを自覚する。

灰原くんの
強くて青春ニューゲーム1

雨宮和希

HJ文庫
974

口絵・本文イラスト　吟

▶contents

▼序章　青春の後悔

——灰色の青春だった。

俺《おれ》の高校三年間を表現するなら、その一言に尽《つ》きる。

それを今も後悔している。

もしもあの時こうしていたら、何かが変わったかもしれない。

そんな都合の良い空想ばかりが、いつも頭を過《よぎ》る。

中学の時、俺はいわゆる陰《いん》キャだった。

帰宅部で彼女《かのじょ》どころか友達もおらず、いつもひとりぼっちだった。

羨《うらや》ましかった。妬《ねた》ましかった。クラスの中心で、楽しそうに笑っている連中が。密《ひそ》かに可愛《かわい》いと思っていた女の子と、放課後の教室でイチャついている連中が。

だから高校生になった時、そんな人生を変えようと思った。

俺も虹色の青春を手に入れるのだと意気込《いきご》んで、高校デビューに挑戦《ちょうせん》した。

そして、ものの見事に失敗した。

むしろ中学時代の方がマシな状況《じょうきょう》になった。ただ友達がいなかっただけの中学時代に対して、高校時代は露骨《ろこつ》に孤立《こりつ》した。みんな、少なからず俺に悪感情を抱《いだ》いていた。そう分かっている。全部、俺が悪い。最初は上手《うま》くいっていた。いや、上手くいっているように見えた。だから調子に乗ってしまったのだ。そのせいで、すべてが瓦解《がかい》した。

『なぁ夏希《なつき》。悪いな、もう庇《かば》いきれねえよ。何より——俺がお前にムカついてる』

それを突《つ》き付けられた決定的な瞬間《しゅんかん》は、今でも鮮明《せんめい》に思い出せる。
俺が馬鹿だった。ただ、それだけ。
だからそれ以降は、ひたすら地道に立ち回った。
しかし、信用を得るよりも失った信用を取り戻《もど》す方がはるかに難しいと知った。
結局は虹色の青春なんて夢のまた夢で、俺の高校時代は灰色のまま終わりを告げた。
その後悔を、ずっと引きずっている。
きっとこれから先も、死ぬまで引きずり続けるのだろう。
そんな大学四年生の冬だった。
何年経《た》ったと思っているんだ、と内心で自嘲《じちょう》する。

咥《くわ》えた煙草《たばこ》に火をつける。ゆっくりと煙《けむり》を吐《は》き出した。

気がつけば随分《ずいぶん》と大人になってしまった。

大学時代は高校時代の反省を活《い》かし、無難に立ち回った。陽キャを目指して失敗するのはもうこりごりで、数人の友達とたまに飲み会をする程度には仲良くなれた。楽しいかと言われると反応に困るが、居心地《いごこち》は悪くなかった。丁度いい立ち位置だった。

卒業分の単位は問題なく取得し、卒業研究も順調。

就活も将来安泰《あんたい》なインフラ系の企業《きぎょう》に内定をもらっている。

このまま俺は普通《ふつう》に卒業して、普通に就職して、普通に暮らしていくのだろう。それが嫌《いや》だというわけじゃない。普通に暮らせることはきっと幸せなことだと思う。

――ただ、青春の後悔は一生消えない。

灰色だった高校三年間。その大切さに、過ぎ去ってから気づいた。

今からでも変われると人は言う。それは正しいと俺も思う。

だが今から変わったところで、失ったものを取り戻せるわけじゃない。

俺が欲《ほ》しかったものが虹色の青春だとすれば、それはもう二度と手に入らない。

それでも人生は続く。後ろばかり気にする俺の手を引いて時間は前に進む。

だから、生き続けるしかない。

――そこまで考えて、俺は苦笑《くしょう》した。
別に、死にたいと思うほど思《おも》い詰《つ》めているわけじゃない。
ただの、よくある感傷だ。
青春時代が思うようにいかなかったなんて、ありふれている後悔だろう。
ああ、分かっている。
だから俺は、そう。ほんの少し、神様に願っているだけなんだ。

もし叶《かな》うなら、もう一度あの青春をやりなおす機会が欲しい――と。

▼第一章　虹色青春計画

「……は？」
状況の意味が分からなかった。
さっきまで俺は居酒屋の喫煙所《きつえんじょ》でのんびり煙草を吸っていたはずだ。
それが……いつの間にか実家にいる。いったい何がどうなっているんだ？
何度見ても、何度頬《ほお》をつねっても、ここは実家の俺の部屋だった。
俺は大学進学と同時に東京でひとり暮らしを始めた。
さっきまでいた居酒屋も、最寄《もよ》り駅の近くにあるので、もちろん東京だ。
そして実家は群馬。ざっと電車で二時間の距離《きょり》だ。
いつの間にかアパートに帰っているのなら、まだ分かる。
でも実家にいるのはどう考えてもおかしい。そこまでの記憶《きおく》が一切《いっさい》ない。
そもそも今日は記憶を失うほど酒を飲んでもいない。
俺の感覚だと瞬間移動でもしたかのようだ。状況を整理してなお意味が分からない。

とりあえず親に話を聞いてみるか？

そう考え、体を動かそうとした瞬間――異様な違和感《いわかん》に襲《おそ》われた。

体のバランスを崩《くず》し、床《ゆか》に倒《たお》れこむ。起き上がろうとすると眩暈《めまい》がした。

……何だ？

酒に酔《よ》った感覚とはまた違《ちが》う。

何というか乗り物酔いにも似た気持ち悪さを感じる。

体が思い通りに動かない。まるで体が別人と入れ替《か》わったかのような気分だ。

「なんかおっきい音したけど、大丈夫《だいじょうぶ》？」

がらっと部屋の扉《とびら》が開いて、澄《す》んだ声音《こわね》が耳に届く。

懐《なつ》かしいな。妹の声だ。実家にあまり帰ってないから、一年ぶりだろうか。

吐《は》き気《け》を抑《おさ》えながらそっちに目をやると、そこには中学時代の制服を着た妹の姿が。

「……は？　コスプレ？」

あまりの驚《おどろ》きに、吐き気もどこかにいってしまった。

「……はぁ？　お兄ちゃん何言ってんの？」

俺の妹こと灰原波香《はいばらなみか》は、確か今年で大学二年生のはずだ。間違《まちが》っても中学の制服を着るような歳《とし》じゃない。

だが、その立ち姿は明らかに、中学生の頃《ころ》の波香だった。

金に染めてパーマをかけたはずの髪《かみ》は黒のストレートに戻っていて、大人びたはずの顔立ちはあどけなさを取り戻し、背は縮み、大きく成長したはずの胸もぺたんこだ。

そもそも高校生になってからの波香は俺のことを『兄貴』と呼んでいて、『お兄ちゃん』なんて可愛らしい呼び方は中学の終わりには卒業していたはずだった。

──まさか、と思った。

この状況に至る直前、神様に願ったことを思い出す。

「な、波香。……今年は西暦《せいれき》何年だ？」

「は？　二〇一四年だけど……それがどうしたの？」

違う。今年は二〇二一年のはずだ。

一、二年間違えるならまだしも、七年も間違えるなんてありえない。

だが、波香の顔はいたって普通だ。

「何を当たり前のことを」とでも言わんばかりに小首を傾《かし》げている。

それが本当なら、まさか七年も時間が巻き戻っている……？

馬鹿馬鹿しい。

そう思いながらも、俺は自分の部屋にある鏡の前に立った。

「おいおい……」

——そこにいたのはどう見ても、中学生の頃の俺だった。

見た目で分かる。そもそも眼鏡をかけていたのは中学生の頃だけ。
高校からは身だしなみに多少気を遣《つか》うようになった。
これは、その前の姿だ。
ボサボサの長い髪が目元を隠《かく》し、ダサい眼鏡をかけ、ぷっくりと腹が出ている体形。
改めて見ると、本当に気持ち悪い。
こんな姿が過去の自分だと認めたくないほどに。
……波香は二〇一四年だと言った。その年の俺は中学三年生か高校一年生だ。
確かに、この見た目と一致《いっち》する。
そもそも波香だって明らかに中学生の頃の姿だ。
時間が巻き戻ったとしか考えられない。
最初はドッキリ企画《きかく》か何かかと思ったが、おふざけでこんな真似《まね》はできない。
そもそも俺をドッキリに嵌《は》めたところで何も面白《おもしろ》くないし、労力がデカすぎるし、まずそんなことをしてくる友達などいない。

夢だと思って頬《ほお》をつねったが、この痛みは現実のものだ。

「お兄ちゃん……どうしたの？」

波香が怪訝《けげん》そうに俺を見る。この頃の波香は素直《すなお》で優《やさ》しかった。と言っても、もちろん普通の兄妹《きょうだい》の距離感だが。しかし高校生の頃には、俺を露骨に嫌《きら》っていた。

「……いや、ちょっと体調が悪いだけだ」

嘘《うそ》は言ってない。昔の体に戻った違和感か、確かに体調は悪い。この乗り物酔い染《じ》みた違和感はいつになったら消えるのか。さっきよりは多少マシになってきたけど。

「ふーん、熱あるの？」

「多分ない。そのうち治るだろ」

「まあ卒業式終わった後でよかったじゃん。大人しく寝《ね》てなよ」

波香はそう言って、くるりと背を向ける。スタスタと自分の部屋に戻っていった。

俺はとりあえず扉を閉めると、ベッドに腰《こし》掛《か》ける。

……ひとりになると、冷静になってきた。

だが、冷静に考えたところでわけが分からない状況に変わりはない。

過去の自分に戻る。確かアニメや漫画《まんが》だと、その現象をタイムリープと呼んでいた。

そんな魔法《まほう》のような現象が存在するなんて信じ難《にく》いけど、現に俺は巻き込《こ》まれている。

「……はぁ」

ため息をついて、意識を切り替えた。

考《かん》え込《が》んだところで、分からないものが分かるようにはならない。

そもそも情報が足りなすぎる。吐き気も落ち着いてきたし、いろいろ調べてみよう。

部屋を見回すと、まず時計が目に入った。

三月十日。午後五時六分。

十日と言えば、確か卒業式の日だ。波香の「まあ卒業式終わった後でよかったじゃん」という発言から考えても、卒業式が終わって帰宅した直後に『今の俺』が乗り移ったのだろう。

次に本棚《ほんだな》に目が向かう。案の定、昔の漫画や小説しか置いてない。

そうか、このまま元の時代に戻ることがないのなら、七年も気になるシリーズの続刊を読めないのか。重度のオタクとしては中々にしんどい事実に気づいてしまった。

当たり前だが、アニメも漫画も小説も七年前に存在していたものしかない。

気になるものは当時から全部チェックしているから、新しく何か面白い作品を探そうと思ったら、当時気にならなかったものの中から探さないといけないことになる。

……タイムリープのデメリットを早くも発見してしまった。

気が重くなる事実から目を逸《そ》らすと、机の上にあるスマホが目に入った。

はるか昔の型だ。スマートフォン自体が発売したばかりの頃《ころ》のモデルで、中学二年生の時に初めて買ってもらったものだ。懐かしい。大学生になるまで使っていた気がする。

それを手に取り、今と同じパスワードを入力するとすんなり開いた。忘れていたらどうしようと思ったが、俺はパスワードを変更《へんこう》するタイプじゃないからな。予《あらかじ》め何種類か覚えておいて、そのどれかを入力すれば開くようにしている。

試《ため》しにチャットアプリの『RINE』を開くと、友達の欄《らん》に波香と母さんしかいない。父さんはこの頃まだガラケーにこだわっていたんだっけな。懐かしい。

次に「つぶやき」を投稿《とうこう》するブログ風SNSアプリの『ツイスター』を開くと、好きなアニメや漫画の公式アカウントや漫画家《まんがか》、小説家、イラストレーターを大量にフォローしているだけの、いわゆる見る専のアカウントがあった。

他には一昔前のソシャゲがいくつか。そういえば『パズ虎《とら》』の全盛期《ぜんせいき》だったなぁとアプリを見て思い出す。当時はハマっていたけど、大学時代は触《さわ》ってなかったな。

「ふむ……」

スマホを机に戻す。

机の上には中学校の教科書やノートが積まれ、無造作に卒業証書も置いてあった。

真新しいそれをしげしげと眺《なが》めていると、玄関《げんかん》の戸が開く音がした。

時間的に、母さんが仕事から帰ってきたのだろう。

うちは両親共働きで、父さんは単身赴任《ふにん》で東北に住んでいる。

「夏希《なつき》、いる？　卒業おめでとう。卒業式行けなくてごめんねぇ。こんな時にばかり仕事が重なっちゃって……って、あら？　なんか顔色悪いわね。体調でも崩したの？」

部屋の扉を開けるなり、べらべらと喋《しゃべ》り出す母さん。

相変わらずだった。七年後と何ら変わりない母さんの様子に、何となく安心する。

「ちょっとね。夕ご飯まで寝てていい？」

「はいはい。熱は測った？　冷えピタシートどこにあったかしら……」

「そんなに気にしなくていいよ」

心配症《しんぱいしょう》の母さんを、ひらひらと手を振《ふ》って追い出す。

体調は本当に悪いし、混乱しすぎて疲《つか》れたのか眠《ねむ》くなってきた。ベッドに身を投げ出すとさらに眠気《ねむけ》が押《お》し寄せてくる。その波に抗《あらが》わず、身を任せることにした。

＊

目を覚ましても元の時代に戻ることはなかった。

どうやら本当に夢じゃないらしい。体の違和感は少し回復していた。

卒業の日だからか、母さんが作った夕食はいつもより豪華《ごうか》だった。たぶん一度経験しているんだろうけど、七年前の細かいことなんていちいち覚えていない。

卒業式について聞かれたのでうろ覚えの記憶を母親に語り、また部屋に戻る。

改めて鏡を見ても、やはりそこには陰キャを体現する立ち姿。高校入学前の自分だ。

……こうなった理屈《りくつ》は考えても仕方ない。分かるわけがないのだから。

だから結果を見るべきだ。

現に俺は今、七年前の世界に巻き戻されている。

つまり俺は今日から、人生をやりなおすことになる。

かつて失敗した高校時代を、もう一度。

――もし叶うなら、もう一度あの青春をやりなおす機会が欲しい。

俺はそう神様に願った。これはその願いが叶ったのだと考えよう。

もう二度と、青春の後悔を引きずりたくない。

だから、今度こそ本気で青春をしよう。

高校デビューを成功させ、灰色だった青春を虹色に書《か》き換《か》えるんだ。

鏡の前の自分に、俺はそう誓《ちか》った。

＊

さて、今日は中学の卒業式が行われた三月十日。高校の入学式は四月八日だ。

約一か月の春休みがある。ちょっと短いけど、この期間で俺自身を改造する。

前回は高校デビューを意気込んだものの、容姿面は中途半端《ちゅうとはんぱ》だった。ちょっと痩《や》せて、眼鏡をコンタクトに変えた程度で、見た目は可もなく不可もなくって感じだった。

だからまず容姿を良くすれば、また何か変わるかもしれない。少なくとも、悪い方向に変化することはないはずだ。何だかんだ人は見た目が九割とか言われるからな。

このタイムリープが入学式直前じゃなくて助かった。多少身だしなみを整えるだけなら数日あれば十分だが、この小太りの体を何とかするにはせめて一か月は欲しい。

——というわけで、その日から俺は、家の周りでランニングを始めた。

この運動不足の体じゃすぐに疲弊《ひへい》するが、のんびりやっているほどの時間はない。だから倒れそうになる限界を見極《みきわ》め、汗《あせ》だくで家に帰り、泥《どろ》のように眠る日々を送った。

母さんには「ダイエットをしている」と素直に告げ、食事管理に協力してもらった。

午前中は倒れそうになるまで走り、休息し、また走る。

午後は筋トレだ。腕立《うでた》て伏《ふ》せや腹筋、背筋、スクワットを中心に、休息やストレッチを挟《はさ》みながら何セットも繰《く》り返す。日を経るごとに、回数を増やしていった。

他にやることがなかったのもあり、俺は一日のすべてをダイエットに費《つい》やした。

＊

そんな日々を三週間続けると、気づけば十五キロも痩せていた。というか一度は二十キロほど痩せたんだが、段々と筋肉が目に見えてついてきて、むしろ体重は増えてきた。

鏡の前に立つと、目的は問題なく達成している。

三週間前はちょっとデカいだけのデブだったが、今はスラッとした高身長に見える。

昔から身長だけは取《と》り柄《え》だったからな。

それからは俺の変化を喜んだ母さんにスポーツジムを勧《すす》められ、入会した。トレーニングマシンやプールも利用し、より効率よくトレーニングができるようになった。

筋肉ムキムキとまでは流石《さすが》にいかないが、胸板《むないた》は厚くなり、腹筋も割れてきたし、腕《うで》や足にもガッチリとした筋肉がつき始めている。細マッチョとは呼べるかもしれない。

……最初はキツかったけど途中《とちゅう》から筋トレが楽しくなってきて、目的のダイエットからだいぶ脱線《だっせん》してしまった……というか、目的を通り越《こ》した気がしてならない。

ま、まあ別に悪いことではないはずだ。

あんまり筋肉ムキムキになりすぎるのもアレだけど。

ともあれ、そんなことをしていたら、いつの間にか入学式が後二日と迫《せま》っている。

体づくりには成功したが、身だしなみはあまり整えることができていない。

だから慌《あわ》てて準備を開始した。

まず引き出しの奥底《おくそこ》に眠らせていた貯金を持ち出し、コンタクトを買う。

眼鏡からコンタクトに変えるのは高校デビューの鉄板だ。理知的な印象を与《あた》えたいならかけたままでもよさそうだが、もともと眼鏡が似合うわけでもないからな。

買ってきたコンタクトをつけてみると、一気にスポーツマンっぽい印象になった。

悪くない。髪がボサボサで長すぎるけど、体格が補正をかけてくれる。

さて、次は美容院だ。俺はこの手のセンスがいまいちなので、ある程度高い店の専門家に全部任せた方が良いと経験則で学んでいる。だから駅前にある有名店に向かった。

高校生には厳しい一万円という大枚をはたいたが、その結果は完璧《かんぺき》だ。

「おお……」

清潔感のあるスポーツマンって感じに変わった。

人によってはイケメンと呼ぶかもしれない……と思えるレベルだ。

正直、最初は目を疑った。

あの小太りの陰キャオタクが、ここまで正反対の印象に変わるとはな……。

今日ばかりは、美容師の褒《ほ》め言葉を素直に受け取れる。

ただ、毎日ワックスでちゃんとセットしないと、このレベルは保てないだろうな。正直ちょっと面倒《めんどう》だけど、最高の青春のためには努力を惜《お》しまないと決めた。

服だけはいまだにダサいが、まあ高校は制服だし必要になったらまた考えよう。

そのまま家に帰ると、リビングでテレビを見ていた波香が目を丸くした。

「お兄ちゃん……だよね？」

「そりゃそうだ。どう思う？」

「……悪くは、ないんじゃない？　知らないけど」

直球で聞いてみると目を逸らされた……が、この態度は褒めている時の波香だ。波香は素直じゃないので、人を褒める時は興味なさそうに言うと俺は知っている。

「あら夏希！　カッコよくなったじゃない！」

仕事から帰宅した母さんにも褒められ、受け流すのに苦労した。

二人の反応を見るに、俺の勘違《かんちが》いではなさそうだ。確かにカッコよくなっている。

何となく自信がついたので、鏡の前でニカッと笑ってみる。イメージでは爽《さわ》やかな笑《え》みになるはずだったのに、なんか気持ち悪いにやけ面になった。

……笑顔《えがお》の練習もしておこう。

＊

その翌日は『高校デビューのコツ』なるウェブサイトを眺めたり筆記用具など必要なものを買い揃《そろ》えたりしていたら時間が過ぎ、ついに入学式当日を迎《むか》えた。

昨日の夜は緊張《きんちょう》してなかなか寝付《ねつ》けなかった。今も目は冴《さ》えているが寝不足《ねぶそく》だ。

ここからが本番だと思うと、それも仕方がないだろう。

タイムリープからの一か月は準備期間だった。

俺の目的は、灰色に終わった青春を今度こそ虹色に書き換えること。

今日からが本番。青春時代のやりなおしだ。

神様が二度も願いを叶えてくれるとは思えないし、期待するものでもない。だから失敗しないように立ち回らないといけない。

な、なんか胃が痛くなってきた……。

……駄目《だめ》だな、緊張しすぎだ。準備は完璧にしたし、気楽に行こう。

時刻はまだ午前六時だが、二度寝《にどね》はできそうにない。ランニングでもするか。

運動用の恰好《かっこう》に着替《きが》えてから家を出る。

気持ちの良い青空が広がっていて、春の穏《おだ》やかな風が心地《ここち》よい。

軽く準備体操をしてから走り始めた。

最初は家の周囲を何周かする程度だったが、今ではだいぶ走行距離が伸《の》びている。

もちろん今日は入学式なので、あくまで緊張を解きほぐす程度に抑えるが、それでもランニングを始めた当初の十倍の距離を走っても余裕《よゆう》だろうな。

イヤホンでこれから流行《はや》るバンドの新曲を聴《き》きながら、足を回し続ける。

俺の家がある住宅街は閑静《かんせい》で、車も人通りも少ない。朝早い時間というのも関係しているんだろうが、何にせよランニングには都合が良い。

住宅街をぐるりと一周した俺は、近所の公園でいったん足を止める。休憩《きゅうけい》に丁度いいというのもあるが、それ以上に——公園を囲むように咲《さ》く満開の桜が、綺麗《きれい》だった。

この辺の住人しか知らない密かな名所だ。

「……夏希？」

しばらく花見と洒落込《しゃれこ》んでいたところ、後ろから名前を呼ばれた。

振り向くと、そこにいたのは黒髪《くろかみ》の美少女。昔からよく知っている顔だった。

「……美織《みおり》か。卒業式ぶりだな」

本宮《もとみや》美織。

同じ中学に通っていた……それどころか小学校も幼稚園《ようちえん》も一緒《いっしょ》の女の子だ。

幼馴染《おさななじみ》と呼んでもいいかもしれない。

隣《となり》の家でもなければ、家族ぐるみの付き合いでもないけど。

そんなアニメみたいな幼馴染が実在するなら、灰色の青春にはならない。

美織とは幼稚園から小学校までは仲が良かったけど、中学から疎遠《そえん》になった。大学から
はどこで何をやっているのかも知らない。所詮《しょせん》はその程度の関係だ。

「え、その、なんか、随分と……変わったね？」

美織は目を手でこすってから、俺をまじまじと見る。

「何度見ても同じだぞ？」

「いや、その……夢かなぁと思って」

「夢だと思うレベルなら、よく俺だと分かったな……？」

「まあ、昔のあなたに似ていたからね。小学校の時は痩せてたし、眼鏡もかけてなかったから……いやでも、それにしたって、どうしたの？　なんか危険な薬物でも使ったのかと疑うぐらいの変貌《へんぼう》ぶりだけど。卒業式で見かけてから一か月しか経ってないのに」

「春休みに暇《ひま》だったから筋トレしてたんだよ。今もランニングの休憩中」

「ふーん……」

美織は俺の体を上から下までじろじろ観察する。

「……そんなレベルじゃなくない？　高校デビューでもしたいの？」

さっそく目論見《もくろみ》を見抜《みぬ》かれて、顔を歪《ゆが》める俺。

「……何だよ。悪いか？」

「悪くはないよ。むしろ良いと思う、うん」

美織は何度も頷《うなず》いてから、

「というか今までがダサすぎただけだよねー。あと太りすぎだった。別に、素材は悪くないんだからやればできるんだよ。やっぱり、私の目に狂《くる》いはなかったねー」

言葉の刃《やいば》がグサグサと突き刺《さ》さる。

過去の俺を否定するんじゃなくて今の俺を褒めてくれよ。

「あ、私はね、犬の散歩だよ。いつもこの時間なんだ。ねー、クーちゃん」

聞いてもないのに、美織は自分がここにいる理由を説明する。見れば分かるわ。

美織の声かけに、足元の白いトイプードルが反応してぱたぱたと尻尾《しっぽ》を揺《ゆ》らしている。

「早起きなんだな」

時刻は午前六時半。普段《ふだん》の俺ならちょうど目を覚ます時間だ。

「高校の部活じゃ朝練もあるからね。早く起きられるように調整してるんだ」

「そういえばバスケ部だったっけ？」

「そうだよ。もちろん高校でも入る予定」

美織はむん、と腕に力こぶを作る。女子にしては筋力があるな。

それにしても、仕草がいちいち女っぽい。男勝《おとこまさ》りだった小さい頃とは大違《おおちが》いだ。どれだけ可愛らしくなったところで、ガキ大将だった頃の美織の印象は抜《ぬ》けないけど。

「……何というか、お前もなかなか変わったな？」

「え、そう？　……まあ、中学じゃぜんぜん話さなかったもんね？　一度もクラス一緒になったことないし、そもそも夏希に友達いなかったから何のきっかけもないし」

「やかましいわ」

なりたくてぼっちになったわけじゃない。

唇《くちびる》を尖《とが》らせると、美織は口に手を当ててくすくすと笑う。

「そのせいで、まだ私の印象が小学校から変わってないんでしょ？　残念ながら、あなたが好きだったあの頃のカッコいい美織ちゃんはもういませーん。ごめんね？」

「カッコいい？　ただのハナタレ小僧《こぞう》だったろ」

「誰《だれ》が小僧か！　ちょっと男勝りだっただけだよ！」

鼻で笑う俺に、美織は頬を膨《ふく》らませる。

それにしても、意外と普通に会話できるものだ。

中学三年間（俺にとっては追加で七年）もまともに話していなかったんだから、もっと気まずくなるかと思ったんだけど。

いや、昔の俺なら美織の陽キャオーラに萎縮《いしゅく》して、避《さ》けていたはずだ。

今は単純に精神年齢《ねんれい》で上回ったせいか、ビビらずに落ち着いて対応できている。

「……そういえば、夏希は高校どこ行くの？」

「ん、知らないのか？」

「知ってる訳ないでしょ。ほとんど話してないのに」

そりゃそうか。

俺に友達がいないんだから、美織の友達情報網《じょうほうもう》にも引っかからない。

でも、俺は美織の通う高校を知っている。クラスの連中が噂《うわさ》していたからな。

県内ではそれなりに高い偏差値《へんさち》を誇《ほこ》る進学校でありながら、部活も盛《さか》んなところだ。

ただし俺たちの地元からはちょっと遠くて、同じ中学からの進学者は少ない。

何なら今年は二人しかいない。

具体的に言えば、

「涼鳴《りょうめい》だよ。涼鳴高校」

「いや、ちょ、ええ⁉　私と同じなの⁉」

──それが、俺と美織だ。

もちろん示し合わせたわけではなく、本当にたまたま。

「あ、ちなみに俺は知ってた。クラスの連中が話してたのを聞いたから」

「ちょっと、早く言ってよ！」

「早く言うも何も、話す機会なんてなかっただろ」

「……ちなみに、他には？　もしかして、私とあなただけ？」

「それはお前の方が詳《くわ》しいだろ。俺は風の噂でお前の進路を聞いただけだ」

まあ本当は知っているんだけど、俺が詳しいのも不自然だからな。

「……私の調べた範囲《はんい》では、私だけだった」

「じゃあ俺とお前だけだろうな」

「ええー……いや、まあいいんだけどさー。よりにもよって夏希かぁ。高校まで一緒とか、本格的に幼馴染《おさななじみ》みたいになってきちゃったな。正直、ちょっと嫌かも」

「お前な、悪口は俺のいないところで言え」

俺のメンタルは豆腐《とうふ》並だぞ。

「だいたい、なんでわざわざ涼鳴にしたんだよ？」

「その台詞《せりふ》、そっくりそのまま返すけど？」

「……俺は、同じ中学の知り合いがいなそうな高校に行きたかったんだよ」

怪訝そうに眉《まゆ》をひそめた美織だが、その直後に得心したのか、にやりと笑った。

「あー、高校デビューするには同じ中学の人がいると都合が悪いもんね？」

「……まあ、そんなところだ」

「あはは、そっか。まあ黙《だま》っておいてほしいならそうするよ。私、優しいからね」

「……で、お前は？　俺は答えたぞ」

美織が涼鳴を選んだ理由は、前回の記憶にもない。

高校で美織と話した記憶はマジで一度たりともないからな。

「知ってた？　涼鳴の女バスって結構強いんだよ？」

「……なるほどな、誘《さそ》われたのか」

美織は中学の時、女子バスケ部のエースだったからな。

そもそも小さい頃から運動神経は抜群《ばつぐん》に良かった。ガキ大将なだけはある。

「そんなところだねー。調べてみたら、校舎も新しくて設備良いし、駅前だし、偏差値的にもちょうどいいし、ちょっと遠いことを除けば結構良いかなーって思ったんだ」

「同じ中学の奴《やつ》がぜんぜんいなくても、か？」

「まあ私は新しく友達作ればいいし。あなたと違ってコミュ力があるからね！」

「ぐっ……」

青春失敗者としては何の反論もできなかった。

中学時代は勇気を出せずに誰とも話せなかったし、高校時代は最初こそ上手くいったものの人間関係の経験値が少なすぎて、空気を読めずに嫌われてしまった。

今こうして同年代の女子と普通に話せているのだって、幼馴染という関係性が大きい。

何の関わりもない女子に話しかける機会があれば、相当緊張するだろうと思う。

「ちなみに、そこまで鍛《きた》えてるってことは運動部でも入るの？」

「……いや、今のところは考えてないな」

一瞬《いっしゅん》。間が空いてしまったのは、前回の記憶が脳裏《のうり》を過《よぎ》ったからだ。

前回の俺《おれ》は高校デビューに際して、バスケ部に入った。陽キャになるならサッカー部かバスケ部だろと深く考えずに思い、自分の身長が高いことからバスケ部を選んだ。

これが失敗だった。

ただでさえ運動系の部活は中学未経験者には厳しいのに、俺に至っては元帰宅部で運動部出身ですらなかったので、まったく練習についていけなかった。

そのせいでバスケ部の連中には腫《は》れ物《もの》に触《さわ》るような扱《あつか》いをされ、俺がクラスで嫌われてからは取り繕《つくろ》う必要もなくなったのか、用がなければ誰も話しかけてこなくなった。

思い出すとしんどすぎてベッドでごろごろ転がりたくなる。

「えー、もったいないなー。結構身長高いんだし、夏希もバスケやればいいのに」

「中学帰宅部には荷が重いぞ」

「いやいや、身長があれば何とかなるよ」

まさにバスケ部に入った時の俺の思考そのものだな……。

まあ辞《や》める勇気も出ずに三年間やり続けたらいつの間にか上手《うま》くなっていたし、確かにそうなのかもしれない。結局、問題があったのは俺の対人スキルだけなんだろう。

……そう思うと悲しくなってくるな……生まれてきてごめんなさい……。

俺が勝手に落ち込んでいると、美織は腕時計《うでどけい》にちらりと目をやり、

「――っと、あんまり長話してる時間もないか。今日は入学式だもんね」

「そうだな。それに俺たちは結構遠いし」

とはいえ電車で五駅なので、ドアツードアで一時間程度だが。

「じゃ、また学校でねー。ほら、行くよクーちゃん」

大人しく待っていてくれた犬を引っ張り、美織は背を向けて歩いていく。

もちろん予想していたわけじゃないが、朝のランニングによって唯一《ゆいいつ》の同じ中学出身である美織と再び関係を築けた。この時点で、すでに前回とは歴史が変わっている。

そんなことを考えつつ、俺も帰路に就《つ》いた。

＊

いったん家に帰り、シャワーを浴びて朝食を食べ、制服に着替える。

「はー、あんた本当にカッコよくなったねぇ」

感心したような母さんの言葉を受け流しながら、俺は玄関に向かう。最近の母さんはいちいち俺を褒めるので、いくら何でも身内びいきというか、親の目線って感じがする。

家を出る間際《まぎわ》、波香とすれ違った。

波香は俺の制服姿を三秒ほど眺めると、小声で呟《つぶや》く。

「……いってらっしゃい」

「ああ、行ってきます」

最寄り駅まで自転車で向かい、電車に乗る。

いくら車社会の群馬でも、この時間の電車は流石に混んでいるな。

美織もこの電車かその前後の電車に乗っていると思うが、この人混みだとそうそう見つからないか。まあ見つけたところで一緒に行くような関係でもないけど。

それにしても、電車に乗って高校に向かっている感覚がすでに懐かしい。

死んだような目で電車に揺られていた毎日を思い出して、苦笑《くしょう》した。

そこでふと視線を感じて、左に目を向ける。俺と同じく真新しい制服に身を包んだ少女と目が合い、さっと目を逸らした。ほんのり赤く染まった顔を見ると、少なくとも悪い視線ではなさそうだな。少女の制服は俺と同じ涼鳴高校のものだ。

陽キャならここで話しかけるのかもしれないが、流石に勇気が出ない。

準備を万全《ばんぜん》にしたうえで、最初は慎重《しんちょう》にやりたい主義の俺だった。

RPGで言うと必要以上のレベル上げをしたうえで、丁寧《ていねい》に攻略《こうりゃく》するタイプ。でも昔はそんなことなかったので、これも高校時代の失敗の影響《えいきょう》なのかもしれないが。

くだらないことを考えていたら電車が到着《とうちゃく》した。

この駅から高校までは歩いて五分程度だ。

まだ時間はあるし、入学式には余裕で間に合うな。

駅から高校までの通学路には桜並木が立ち並んでいる。

満開に咲き誇る桜の下を、俺と同じ制服を着た高校生が大量に歩いていた。


——そのうちのひとりに、目が留まる。


「あ……」

思わず声が漏《も》れる。

その少女は六人程度の集団の真ん中で笑みを浮《う》かべていた。

肩《かた》まで伸ばした亜麻色《あまいろ》の髪は、地毛だという話を聞いたことがある。その下には目鼻立ちの整った華《はな》やかな美貌《びぼう》。それでいてあどけない雰囲気《ふんいき》を醸《かも》し出している。

俺だけじゃない。この通学路を歩く人の多くは、彼女《かのじょ》に目を奪《うば》われている。

星宮陽花里《ほしみやひかり》。

立ち並ぶ満開の桜を、脇役《わきやく》にしてしまうような少女だった。

星宮は前回の俺が恋《こい》に落ちて、告白して……そして、フラれた相手だ。今でも、その思いを失ったとは言えない。

当たり前だが、あの頃の記憶《きおく》通りの姿で彼女は笑っている。

今一度高鳴る鼓動《こどう》が、俺の彼女に対する思いを再確認《さいかくにん》させていた。

……虹色《にじいろ》の青春。何とも具体性に欠けた曖昧《あいまい》な目標だと思っていたが、ここで一つ明確な方向性を手にすることができた。

俺は星宮に好かれたい。今度こそ、彼女と付き合いたい。

一瞬だけ、目が合う。

だがこの時点では、ただの他人だ。

俺は不自然に思われないようにそっと目を逸らす。

もう一度ちらりと目をやると彼女はまだ俺を見ていて、また目が合ってしまった。

あ――やべ、と向こうも同じことを思ったのだろう。

バツが悪そうな表情で前に向き直る。

「陽花里、どうかしたの？」

「んーん。何でもない。それより、もう学校着くよ！」

……なんか違和感《いわかん》があるな。

電車の時もそうだったけど、やけに目が合う。

前回はこんなことなかった気がする。

妙《みょう》に視線を感じるのだ。何か変なものでもついているんだろうか？

歩きながら手鏡を取り出して確認するが……ふむ、特に問題はなさそうだ。

髪《かみ》は忘れずにセットしてきたし、制服もだらしないと思われない程度に着崩《きくず》せている。

——何でだろうな？　と首を捻《ひね》っているうちに高校に到着してしまう。

とりあえず人だかりができている方に近づいてみると、一年生のクラス分けが掲示《けいじ》されているようだった。俺は前回の記憶で分かっているけど、一応確認しておくか。

ええと……一年二組に灰原夏希。あったあった。ついでに星宮の名前もある。俺と星宮は一、二年生の時は同じクラスだったので、前回と変わっていないようだ。

ついでに見ると隣の一組には美織の名前がある。ここも前回と同じだ。

それ以外の名前もざっと確認したが、覚えている限りは記憶通りだな。

七年前だし細かいところは流石に覚えてないけど、名前を見れば「ああ、あいつか」となるものだ。周りの人だかりの中にも、見覚えのある顔が結構いる。

「——あ、見てみて！　やったー！　レイもタツも、あたしと同じクラスだよ！」

と、そこで周囲の喧騒《けんそう》の中でもひときわ大きな声が俺の後ろで響《ひび》いた。

「そんなにデカい声で騒《さわ》がなくても分かるっつーの」

「まあ詩《うた》も入学したばかりでテンション上がってるんだよ」

軽く振り向くと、俺の後ろでは同じ中学出身の三人組が会話していた。

見覚えがある——というレベルではなく、彼女らのことは詳しく覚えている。なぜなら高校デビューを目論《もくろ》んでいた俺が、最初に絡《から》んだ相手なのだから。

一年二組の中心に立っていた三人の男女。つまり俺の憧《あこが》れのトップカーストたちだ。


「タツだって嬉《うれ》しいくせに！　何スカしてんの？」

先ほどから大きな声で騒ぎ立てている少女は佐倉《さくら》詩。

小柄《こがら》な体躯《たいく》を器用に動かして喜びを表現している。

明るく元気な性格で、顔立ちは可愛《かわい》らしく、見ていて微笑《ほほえ》ましい気持ちになる。


「はぁ？　何で俺がお前と一緒で喜ばなきゃなんねえんだよ」

野太い声音《こわね》で否定しながら、露骨《ろこつ》に顔をしかめるのは凪浦竜也《なぎうらたつや》。

俺より高い身長で、がっしりとした体格。顔立ちは整っているが目つきは悪く、荒々《あらあら》しい印象を受ける。端的《たんてき》に表現するなら怖《こわ》いイケメンって感じだ。

実際には舐《な》められることを何よりも嫌《きら》うだけで、ノリが良く優《やさ》しい性格だ。

「竜也はツンデレだからね。今時流行らないのに」

柔和《にゅうわ》な声音で凪浦をいじるのは、白鳥怜太《しらとりれいた》。

線の細い中性的なイケメンで、凪浦とは真逆の印象を受ける。好みが分かれそうな凪浦とは違《ちが》って万人《ばんにん》受けするタイプというか、現に周囲の女子の視線が集まっている。

性格は穏和《おんわ》で人当たりが良く、リーダーシップもある。

高校デビュー時の俺が目指していた『理想』に最も近い男が、白鳥だった。

「……男のツンデレが流行ってた時期なんてあるの？」

「甘《あま》いね、詩。少女漫画《まんが》の造詣《ぞうけい》が浅いよ」

「そもそも人の知らねえ語彙《ごい》で会話すんな。何なんだよそりゃ？」

「タツって漫画とか読まないもんね」

「舐めんな。ツーピースなら読んだことあんぞ」

「それ、僕《ぼく》が貸したんだけどね。竜也の部屋には一冊もないよ」

白鳥が肩をすくめると、凪浦は鼻を鳴らした。

「うるせえな――俺にはバスケがありゃいいんだよ」

俺がその光景を見ていることに気づいたのか、白鳥が声をかけてくる。

「ごめんね。こいつら、うるさいでしょ？」

前回の記憶にない行動に一瞬動揺《いっしゅんどうよう》したが、何とか平静を装《よそお》って返答する。

「ああいや、そんなことないよ。単に仲良さそうだなぁと思って」

もしかして、俺がガン見しすぎていたせいか？

だとしたら早速《さっそく》プレミだ。懐《なつ》かしいからついついじっと見てしまった。

白鳥はそんな俺の心情など知らぬまま、穏やかな口調で尋《たず》ねてくる。

「三人とも同じ中学出身だからね。君も一年二組かい？」

よくわかったな――と思ったが、ずっと一年二組の掲示板《けいじばん》の前に立っているんだから、その推測は当然か。

「ああ。灰原夏希だ、よろしく」

「僕は白鳥怜太。ちなみにそこの小さい方が佐倉詩で、大きい方が凪浦竜也」

紹介《しょうかい》されたことに気づいたのか、凪浦と佐倉の視線が俺に向く。

気づかれてはいないだろうが、思わず体が震《ふる》えた。凪浦の視線には威圧感《いあつかん》がある。

『なぁ夏希。悪いな、もう庇《かば》いきれねえよ。何より――俺がお前にムカついてる』


なぜなら、凪浦はかつて俺の失敗を突《つ》き付けてきた張本人だから。

もちろん悪いのは凪浦じゃなくて、空気を読めずに調子に乗った俺だ。

そうだと分かってはいても、心に残ったトラウマはそう簡単には消えない。

――あの目が、まだ怖かった。

「流石だな怜太、もう友達できたのか？」

「同じクラスみたいだから挨拶《あいさつ》しといたんだよ」

二人が話している間に、ゆっくりと息を吐《は》いて呼吸を整える。

そして再び凪浦の視線が俺を捉《とら》えた。じろじろと、舐めまわすように見られる。

「てか、なかなか良い体つきじゃねえか。何やってたんだ？」

「部活のことか？　部活はやってなかったよ」

「え、マジ？　それにしちゃ妙に鍛えられてる気がするけどなぁ」

「確かに、スポーツマンの体つきだよね」

凪浦の言葉に、白鳥が頷く。さっそく体づくりの効果が得られてよかった。

「最近筋トレが趣味《しゅみ》なんだよ。そう言われると嬉しい――ね⁉」

突然《とつぜん》ぺたぺたとお腹《なか》を触《さわ》られ、めちゃくちゃ驚《おどろ》く俺。

とっさに下を向くと、背の低い佐倉がいつの間にか肌《はだ》が触れそうな距離《きょり》にいた。

「おー！　すごい、腹筋割れてるね！」

「びっくりした……」

これが陽キャの距離感か……。

そういえば佐倉は、異性との距離感に無頓着《むとんちゃく》で男を勘違いさせるタイプだった。そのくせ恋愛《れんあい》に興味がなく、告白されまくって振《ふ》りまくっていた。何とも質《たち》が悪い。

「あのね、詩。初対面の人のお腹を突然触るもんじゃないよ」

ため息をついて白鳥が注意する。

「そう？　ごめんね？」

「別にいいけど。びっくりしただけだよ」

「でもすごいね！　タツと同じくらい腹筋バキバキだよ！」

「何⁉　俺とタメ張るレベルかよ！」

「いやいや、それは無理でしょ。見るだけで違いが分かるよ」

俺はぶんぶんと首を振る。確かに結構鍛えた自信はあるが、所詮は一か月の筋肉だ。流石に凪浦と比べられたら負ける。俺より背が高く、俺よりガタイが良いんだから。

せいぜい線の細い白鳥よりは筋肉があるかな……って程度だ。

「ああそうだ、さっき怜太に紹介されたけど、一応もう一回言っとく。俺は凪浦竜也だ」

「あたしは佐倉詩だよ！　詩って呼んでね！」

「俺は灰原夏希。夏希でいいよ。よろしく」

佐倉……いや、詩の距離感を見習い、俺も名前呼びを要請《ようせい》する。名前呼びをするだけでだいぶ仲良くなった気がするもんな。そういう感覚は大事だと思う。

「じゃあ夏希。俺も竜也でいいぜ」

「そういうことなら僕も、怜太って呼んでくれ」

早速二人が乗ってきてくれた。

これだけでもう前回より仲が良いのでは？

前回は普通《ふつう》に三人とも苗字《みようじ》で呼んでいたし、呼ばれていたからな……。

凪浦だけは、俺のことを名前で呼んでいたけど――一年生の、途中まで。

「ええと……竜也と怜太と詩、よろしくな」

気を抜くと弱気な口調になりそうだけど、あくまで強気に返答する。

この三人の陽キャオーラに負けじと、俺もスキル『爽やかな笑み』を使った。

陰《いん》キャ特有の気持ち悪い笑みにならないように練習したのだ！

「さて、自己紹介も終わったし、そろそろ行こうか」

「入学式始まりそうだもんな」

「えー？　偉《えら》い人の長い話を聞かされるのめんどくさいなー」

「だからと言ってサボるわけにもいかねえだろ」

「タツ、不良みたいな見た目のくせにまともなこと言わないでよ」

「お前は俺を怒《おこ》らせたいのか？」

――だが、もちろん三人は特段の反応を返さない。そりゃそうだ。イメチェンしたとはいえ、せいぜい中の上ぐらいの容姿になっただけ。爽やかな笑みを浮かべるだけで何らかの反応があるなんて、イケメンの特権だからな。

＊

退屈《たいくつ》な入学式を乗り切ると、新入生はそれぞれ振り分けられた教室に向かう。

その時も怜太たちと一緒に行動していたが、地味に対応が難しい。同じ中学出身の三人と俺ひとりという構図だから、三人は仲が良いのに俺だけ気を遣《つか》われているからな。

初対面は距離感の探《さぐ》り合いになるのは当然っちゃ当然なんだが、三人が仲良いだけにやりにくさがある。どうしても三人が中心となって話題を回し、適度に俺に話を振ってくれる感じになってしまうからな。俺もどこまで踏《ふ》み込《こ》んでいいのか見極《みきわ》めつつ、当《あ》たり障《さわ》りのない受け答えをすることになる。気まずいとは言わないが、ぎこちなくはあった。

……でも、多分これでいいんだ。

関係値はこうやって地道に築いていくもの。

初対面なんだから気を遣い合うのは仕方ない。それが自然だ。

ここで焦《あせ》って一気に距離を詰《つ》めようとすると——前回と同じ失敗をする。

「お、ここだここだ」

竜也が『一年二組』と書かれた看板を見て呟く。

新入生が大量に歩いている廊下《ろうか》から抜け出し四人で教室に入ると、中にはすでに十人ほど集まっていた。黒板には何らかの紙が貼《は》られている。多分、席の振り分けかな。

「な、なんかめっちゃ可愛い子いるんだけど⁉」

——と、俺が教室の前方に気を取られていると、詩に服の裾《すそ》を引っ張られる。

詩が見ている方向に俺も目をやると、そこにいたのは先ほども見かけた絶世の美少女。

「えー、と……わたしのことで、いいのかな？」

星宮陽花里が、居心地《いごこち》悪そうに微笑んだ。

その隣に座《すわ》る長い黒髪の少女が、星宮にくすりと笑いかける。

「めっちゃ可愛い子って自覚あるのね？」

そう意地悪く尋ねる彼女の名は、七瀬《ななせ》唯乃《ゆいの》。

星宮の圧倒的《あっとうてき》オーラの陰《かげ》に隠《かく》れてはいるが、彼女の容姿も十分に優《すぐ》れている。

切れ長の瞳《ひとみ》に、高い鼻。シミ一つなく白い肌。

女子にしては背が高く、座っていても分かるくらいに脚《あし》が細くて長い。すらっとした体躯と表現するべきか。可愛いというより美しいって感じの印象を受ける。

「だ、だって……どう見てもわたしを指差してるから」

そんな七瀬に指摘《してき》された星宮は顔を真っ赤にして反論する。

「そうだよ！　君のこと！」

いつの間にか詩が、星宮たちの近くに駆《か》け寄っていた。

竜也がため息をついて彼女の後に続く。怜太と俺もついていった。

「うーん、近くで見てもめちゃくちゃ可愛い……！」

「あ、ありがとう……？」

詩は苦笑する星宮にさらに近づいて、窓際《まどぎわ》まで追い詰めていく。

「あたしのものにしたい！」

「そ、それはちょっと?」

「はい詩、そこまでだ。彼女、怯《おび》えてるでしょ」

星宮に詰め寄る詩の肩をがっちり掴《つか》んで怜太が引き離《はな》す。

おお、仲が良いとはいえよく異性の体に自然と触れるよな……と思っちゃうのが陰キャたる所以《ゆえん》なのだろうか。詩は気にした様子もなく、怜太に捕《つか》まえられたまま呟く。

「だって、めちゃくちゃ可愛いから……」

「ふふ、そうよね。陽花里は私たちの中学でも一番人気だったから」

「唯乃ちゃん、そういうのやめてよ……一番人気って、アイドルじゃないんだから」

「へぇー! ていうか、二人は同じ中学なんだ?」

「そうよ。笠井《かさい》中ね。貴方《あなた》たちは?」

「あたしたちは大島中出身だよ! あ、でもナツだけは違うね?」

突然話題が俺に向いた。この美男美女揃《ぞろ》いの五人に注目されると緊張する。

「ああ、俺は水見中出身だよ。この高校からはちょっと遠い」

「水見中って確か……高崎の方だっけ?」

「ああ。まあ正確に言うと若干違《じゃっかんちが》うんだが、だいたい高崎だ」

涼鳴高校は前橋にあるので前橋の中学出身が多く、大島中も笠井中もその一つだ。

俺が通っていた水見中は高崎より奥《おく》の辺境にあるので、怜太たちの記憶が曖昧なのも仕方ない……そもそも群馬県の時点で辺境だろと言われたら、その通りだが。

「じゃあ電車で来てるの？」

「ああ。涼鳴は電車通学しやすいしな」

「ほとんど駅の目の前だものね。私と陽花里も電車通学する予定よ」

「俺たち三人はチャリだぜ。みんな家から近いからな」

竜也が答え、七瀬が「そうよね」と頷く。

俺にその辺の土地勘《とちかん》がないと思ったのだろう、怜太がさらっと解説してくれる。

「大島中は特に涼鳴に近いんだよ。自転車で五分ぐらいかな」

「あ、そうなのか。そいつは羨《うらや》ましいな」

実際は俺も知っていたが、いかにも初耳だったかのような調子で驚く。前回の俺もこの時点では知らない情報だったからな。知識量は前回基準で対応するべきだろう。

「ねね、名前聞いてもいい？　二人の会話で何となく分かってるけど、一応ね！」

そこでようやく詩が根本的な話題を振る。

「うん、そうだね。わたしは星宮陽花里――」

「――学校一の美少女で、趣味は読書と映画鑑賞《かんしょう》、中学の部活は文芸部よ」

「そう……って違う！　わたしは美少女じゃない！」

からかうように口を挟《はさ》んだ七瀬の腕《うで》を掴んで星宮が反論する。

「……美少女じゃないは無理があるんじゃ？」

あ、やべ。つい思っていたことが口から零《こぼ》れてしまった。

星宮は俺の言葉に驚いたように目を瞬《またた》かせると、照れたようにうつむく。

「あ、ありがと……」

「あ、いやすまん。つい本音が……」

俺のせいで若干《じゃっかん》いたたまれない空気になる。またプレミだ。気を引き締《し》めないと。

……というか、なんか星宮の反応もおかしい。

前回も似たようなことを言った記憶があるけど、その時は苦笑していたはずだ。

「へぇー、陽花里が照れるなんてね。美少女なんて言われ慣れてるのに」

「もう、唯乃ちゃん！　流石《さすが》に怒るよ！」

「はいはい——私は七瀬唯乃。陽花里とは同じ中学で、親友よ」

「……そうだよ！　えへへ、親友なんだ！」

親友発言で星宮のご機嫌《きげん》取りをする七瀬。星宮もなかなかチョロいな……。

それからみんなの自己紹介タイムに移行する。

ちょうど俺が名乗ったところで先生が入ってきて、いったんお開きになった。

ホームルームで高校生の心構えやら何やらの講釈《こうしゃく》が垂れ流された後、席順に全員が教壇《きょうだん》の前に向かい、自己紹介をやらされる。こんなイベントもあったなぁ。

ここで調子に乗って失敗するのも馬鹿らしいし、無難に周囲と合わせておいた。

……まずい。前回の自己紹介の黒歴史が俺の頭を埋《う》め尽《つ》くしている！

『俺、灰原夏希って言います！　趣味は読書とか映画鑑賞とか。バスケ部に入るつもりで、夢は友達百人作ることです！　みんなと仲良くしたいなー？　よろしく！』

やめろやめろやめろ脳内再生するな！

今すぐ転がりたい衝動《しょうどう》に駆られるが、そんな奇行《きこう》に走ったらそれこそ黒歴史だ。

青春をやりなおすのは、黒歴史と向かい合うことと見つけたり……。

そんな風に深い（？）ことを考えていたら、ホームルームは終わりを告げた。

＊

新入生は今日はもう終わりで、教科書を買ったら帰っていいらしい。

俺たちはさっきの六人で集まって、教科書販売《はんばい》をしている広間に向かっていた。

……それにしても、この時点でだいぶ前回と違う流れだな。

俺はこの時点で怜太たちとつるんでいたわけじゃないし、怜太たち三人だって、この時点ではまだ星宮たち二人とは仲良くなかった……気がする。たぶんだけど。

俺の行動がみんなの行動まで変えたんだろうか？

まあ俺以外に歴史を変える要因がない以上は、俺のせいだとは思うが。

他にもやりなおしている人がいるなら話は別だが、それを考え出したらきりがない。

「うわー、教科書重すぎ！」

詩が教科書の束を抱《かか》えて呻《うめ》いてる。

「おいおい、それでもバスケ部かよ？　非力すぎんだろ」

竜也の煽《あお》りにムッとしたのか、「このぐらい余裕《よゆう》だし！」と詩は強がる。

「確かに重いわね……陽花里、大丈夫《だいじょうぶ》？」

「あ、あはは……これ、本当に持って帰れるかな？」

星宮の細腕《ほそうで》がぷるぷると震えている。

鍛えているようには見えないし、元文芸部だからな。

「鞄《かばん》に入れたら持ちやすくなるとは思うけど、手で持つのはちょっときついね」

「……星宮、キツいなら持とうか？」

俺は左手で自分の教科書の束を抱えると、右手を星宮に差し出す。

星宮はぱちぱちと目を瞬かせて、

「……灰原くん、力持ちなんだね」

「夏希でいいよ。まあ、このぐらいなら余裕だから」

「じゃ、じゃあ夏希くん……全部は悪いから、半分だけ持ってもらえる？」

「おっけー」

さらっと名前呼びさせることに成功した俺は内心でガッツポーズしながら、意識的に軽い調子で請《う》け合い、半分の教科書を右手で抱える。

……重い。

これぐらい余裕ってのは流石に強がりだが、そんな素振《そぶ》りを見せないように平静を装う。星宮と仲良くなるためだからな。むしろ星宮と仲良くなるために鍛えたまである。

そんな俺の様子を見て、怜太も七瀬の教科書を半分受け持った。

竜也と詩はお互《たが》いに目を合わせると、睨《にら》み合ってからお互いに目を背《そむ》けた。仲が良いのか悪いのか。まあ詩はバスケ部だし、小柄な割に力があるから問題ないだろうけど。

そのまま教室に戻《もど》り、星宮の机に教科書を置く。

一冊一冊が分厚いし、いくら何でも冊数が多すぎる。

「これを持って帰るのは骨だな……めんどくさいしロッカーに置いとくか」

俺が言うと、怜太が応じてくれた。

「そうしたいけど。置き勉って怒られないんだっけ？」

「そのぐらい大丈夫だろ。どうせ学校に持ってくるんだから重いだけだし」

竜也が肩をすくめると、七瀬が苦笑交じりに言う。

「家で予習復習するとか、そういう発想はないの？」

「にしたって、授業が始まってからでいいだろ」

楽観的な竜也に七瀬は何か言いたげな瞳を向けてから、ため息をついた。

「陽花里は悪い人たちの影響を受けちゃ駄目《だめ》よ」

「え？　悪い人なの？　夏希くんと竜也くんが？」

きょとんとする星宮。七瀬に「誰《だれ》が悪い人だ誰が」と突っ込んでおく。

……こうやって臆《おく》せずに会話に入っていく意識を常に持っておかないとな。

クラス内の陽キャグループに入るという最初の関門は乗り越《こ》えた。

次の課題は、この立ち位置を確立することだ。前回の俺はここで躓《つまず》いている。

ただでさえ同じ中学出身の三人と二人、そして俺ひとりという構図だ。ひとりひとりと地道に関係を築いていかないと、俺だけ孤立《こりつ》しかねない。

「それにしても、高校の教科書ってこんなに分厚いんだねー」

星宮は数I・Aの教科書をぱらぱらとめくり、

「うわ……内容も全然分かんないや。なんか不安になってきちゃった」

「心配しなくたって大丈夫だろ。授業聞けば分かるって」

楽観的な竜也に、怜太が釘《くぎ》を刺《さ》す。

「どうかな。県内トップでこそないけど、ここは進学校だからね」

実際怜太の言う通り、この学校の定期テストは難しい。

俺も一度経験しているとはいえ、ちゃんと復習しておかないとな。

ここが進学校である以上、自分のスペックを示すのに最も分かりやすいのは成績だ。

俺は運動神経が特別良いわけでも、話が特別面白《おもしろ》いわけでも、一芸に秀《ひい》でているわけでもない。だから勉強ぐらいは優秀《ゆうしゅう》でありたいところだ。七年分の経験もあるんだし。

俺は理系の大学でそこそこ真面目に研究していた。その過程で、理数系の知識はきちんと身に付けたつもりだ。となると、問題は語学系や歴史系だろうな。

「まあ、タツがいるからビリはないよね！　安心安心！」

「おいおい、いくら俺が馬鹿でも、お前には負けねえよ。流石に」

相変わらず煽り合っている竜也と詩に、やれやれと怜太がため息をついた。

「二人とも喧嘩《けんか》はやめなよ。どうせ同レベルなんだし、あまりに愚《おろ》かで醜《みにく》いよ」

「そこまで言う⁉」

怜太のさらっとした毒舌《どくぜつ》に詩が驚愕《きょうがく》する。

俺《おれ》も同じ感想だ。こいつ爽《さわ》やかな顔しながら言葉が鋭《するど》いな……。

前回はバスケ部に入った関係上、竜也や詩とはそれなりに仲良くなったが、怜太とはあまり仲良くなれていない。だから、何というか新鮮《しんせん》だ。こんな奴だったのか。

「そう言うってことは、白鳥君は勉強できるのね？」

「まあ、この二人よりはね。七瀬さんには勝てなそうだけど」

「あら、どうしてそう思うの？」

「見るからに頭良さそうだし。ねえ星宮さん？」

「うん。唯乃ちゃんはいっつも学年一位だったよ」

「学年一位⁉　そりゃすごいな……」

俺は会話に参加しがてら、大仰《おおぎょう》に驚いておく。

いやもちろん驚いたのは本当だけど、それを意図して大袈裟《おおげさ》に表現する。

俺の普段《ふだん》通りのリアクションだと地味すぎるんだよな。

オーバーリアクションこそ陽キャのコツ……だと、俺は分析《ぶんせき》している。

「そうなの。唯乃ちゃんは本当に凄いんだよ！」

「何で陽花里が自慢《じまん》げなの？　ところで陽花里は学年何位だったかしら？　六十位？」

「わたしのことはいいから！」

「意外と微妙《びみょう》……」

「素直《すなお》な感想も傷つくからやめて！」

いじりの意味を込めた俺の呟きにもちゃんとツッコんでくれて、密《ひそ》かに喜ぶ。距離感を見極めるのは難しいけど、これぐらいは大丈夫そうか？

「そういうお前はどうなんだよ？　夏希」

と、そこで肩に衝撃《しょうげき》。竜也が肩を組んで体重をかけてくる。

それを聞くためにいちいち肩を組む必要があるのか？　と思ってしまうのは俺が陰キャだからなのだろうか。パワー系陽キャの強引《ごういん》さには慣れが必要だなぁ。

「え、俺？　俺はまあ悪くはなかったけど」

「そりゃ悪かったらそもそも涼鳴に入れないだろうよ」

中学の時の成績か。どうだったかな。別に良くもなく悪くもなかった気はする。でも高校デビューするために涼鳴に行こうと決めてから必死に勉強したんだよな。

「受験の時に結構頑張《がんば》って何とかした感じだな、俺は」

「お、じゃあ俺と同じだな」

「あたしも仲間！　いえーい！」

詩が手を掲《かか》げてくるので何だ何だと思ったが、ハイタッチか。とりあえず俺も詩の目の前に手を掲げてみると、詩はパシンと音を鳴らして手を叩《たた》いてくる。

詩は背が低いからわざわざジャンプしていた。なんか猫《ねこ》みたいな愛らしさがある。

「──あ、ごめん。お母さんが呼んでるから、わたしそろそろ帰らなきゃ」

その日は星宮のその言葉がきっかけとなり、解散した。

俺も入学式後の保護者説明会に出席していた母さんが待ってくれていたので、大人しく母さんの車に乗って帰った。その日は母さんと一緒《いっしょ》に焼肉を食べた。美味《うま》かった。

＊

その翌日。

さっそく通常課程の授業が始まった。

初日ということもあって先生たちの自己紹介や簡単な授業の説明をするだけの緩《ゆる》い雰囲

気で、楽ではあるけど退屈だ。眠気《ねむけ》を耐《た》えるので精一杯《せいいっぱい》だった。

そして放課後になると、俺たち六人は自然と集まっていた。

何となく教室を見回すと、俺たちのようにグループを作っている者、あるいは誰かに話しかける機会を窺《うかが》っている者、我関せずで教室から出ていく者と、多種多様だ。

前回は自分のことしか見えていなかったが、観察するとなかなか面白い。

教室内には五つほどグループができていたが、まだ雰囲気にぎこちなさを感じる。

やはり俺たちのグループが一番目立っているな。

何というかオーラが段違《だんちが》いだ……もちろん、俺以外の。

五人とも美男美女なので、華やかなオーラが滲《にじ》み出ている。

他のグループの目線も、ちらちらと俺たちに向けられていた。

できればそっちに交ざりたいって気持ちが伝わってくる。

まあ今のところ、男女混合なのは俺たちだけってのも大きいだろうけど。

最初から男女混合のグループで話しているのって羨ましいよな。

ちょっとだけ優越感《ゆうえつかん》を感じると共に、場違《ばちが》い感が凄い。

「何でお前みたいな陰キャがそいつらと一緒にいるの？」とか思われてそう。

……だとしたら、反論できる要素が何もないな。

陽キャを目指しているとはいえ、本当に俺はここにいていいんだろうか。

「――おい夏希？　何ぼうっとしてんだ？」

竜也の野太い声音が耳に届き、慌《あわ》てて現実に戻る。

思考の海に潜《もぐ》るとなかなか戻ってこられないのは俺の悪い癖《くせ》だった。

「ああいやすまん。何でもないよ」

「そうか。俺たちは部活見学に行くけどお前も行くよな？」

いつの間にか五人の視線が俺に向いている。「もちろん」と俺は頷《うなず》いた。

＊

「とりあえず今活動している部活を全部回ろうと思うんだけど、いいかな？」

怜太が先生に配られた部活関連のプリントを見ながら言う。

こういう時にさらっと仕切れるのは凄いよな。俺も見習いたい。ネット上で身に付けた知識だけじゃ限界がある。せっかく近くにいるんだし、見て学んでいかないと。

怜太は全員が頷くのを見て、「まずは文化部から回ろっか」とみんなを促《うなが》した。

文化部が多く集う三階の廊下では、多くの新入生が行き交《か》っていた。

俺と同じ感想を抱《いだ》いたのか、星宮が呟《つぶや》く。

「けっこう賑《にぎ》わってるね？」

「この一週間は部活見学期間だし、ましてや初日だからね。入るかどうかは別として、みんな一度は全部回ろうとしてるんじゃないかな。僕たちだってそうだからね」

今はどこの部活も歓迎《かんげい》モードで、見学用の椅子《いす》を用意している。

「せっかくだし、ついでに学校を探検しようよ！」

そんな詩の提案に従い、ざっと校内を見て回りつつ、いくつかの文化部に顔を出す。

書道部では見学だけじゃなく実際に書いてみるように勧《すす》められ、俺たちは遠慮《えんりょ》したが、七瀬が上手《うま》すぎる文字をささっと書き、茶道部《さどうぶ》でも七瀬が完璧《かんぺき》な作法を披露《ひろう》した。

俺たちの驚く視線に照れたように、七瀬は目を背ける。

「――昔、ちょっと習っていたのよ」

「ちょっとってレベルじゃないと思うんだけど……」

俺が苦笑《くしょう》すると、なぜか星宮が自慢げに胸を張る。

「唯乃ちゃんは習い事いくつもやってたもんね」

「私は勉強とピアノだけに絞《しぼ》りたかったのだけど……親の方針なのよ」

「ピアノも弾《ひ》けるのかよ。それでいて学年一位って、すげえな。マジの天才じゃん」

竜也が慄《おのの》く。俺も同じ気持ちだ。

高校でも成績が良かったことは分かっていたけど、まさかここまでとは……。

何というか、絵に描《か》いたような大和撫子《やまとなでしこ》だな。

……あれ、七瀬がいる限り勉強を強みにできないのでは？　いやいや、俺が七瀬以上の成績を取ればいいのだ。流石に七歳《さい》も上なんだから……できるよね？

「ピアノが一番得意なんだ？」

怜太の問いに、七瀬は淡々《たんたん》と答える。

「ええ。高校はピアノに専念するつもりだから、部活に入るつもりはないわ」

「中学の時は何部だったの？」

「一応、弓道部《きゅうどうぶ》だったわ。習い事のせいであまり顔を出せなかったけど」

「うわ、弓道めっちゃ似合うな」

俺が言う。思ったことを、そのまま。

性格的には感想を胸にしまいがちなんだけど、積極的に口に出した方がいいと『高校デビューのコツ』なるウェブサイトに書いてあった。親しみやすさに繫《つな》がるらしい。

「分かる！」

「マジでそれな」

意図通りと言うべきか、詩と竜也が同意してくれた。

「弓道着を着て弓を構えてる唯乃ちゃん、ほんとにカッコいいんだ。写真見る？」

「え、あるの⁉　見せて見せて！」

「ちょ、ちょっと陽花里⁉」

星宮がスマホを取り出して言うと、詩を筆頭に俺たちが群がる。

七瀬が意外にも動揺《どうよう》していて可愛らしい。だが星宮は意地悪く笑った。

「唯乃ちゃんいつもわたしをいじめるから、仕返し♪」

星宮のスマホに収められた七瀬の写真の数々をみんなで堪能《たんのう》していたら、廊下を歩く人たちの邪魔《じゃま》になってしまったので慌てて移動する。

「あ、わたし文芸部覗《のぞ》いてみたいな。中学の時も文芸部だったし」

「了解《りょうかい》。図書室の隣《となり》にあるみたいだね」

「ヒカリンは高校でも入るの？」

詩が尋ねる。いつの間にか星宮に妙《みょう》なあだ名が付けられていた。

「んー、雰囲気《ふんいき》によるかな。どっちでもいいからね」

道中にあった吹奏楽部《すいそうがく》を軽く見学してから、文芸部の部室に顔を出す。

十人程度の男女が本を読んだりノートパソコンで何かの作業をしたりしている。穏《おだ》やかな雰囲気だが、今日は見学者用に扉《とびら》を開けているせいか、いまいち落ち着かないようだった。

しかも俺たちのような目立つグループが来たせいか、視線が集中する。

昔の俺と雰囲気が似ている。つまり大人しそうな人たちだ。

何だか居心地が悪いし、向こうも同じことを思っているだろう。

そもそも竜也とか詩とか、どう見ても読書が趣味って感じの外見じゃないからな。

「——こんにちは。見学してもいいですか？」

そんな話しかけづらい雰囲気の中で、星宮は華《はな》やかに微笑《びしょう》した。

「え、ええ。ぜひ」

部活中だった人たちが男女問わず目を奪《うば》われ、慌てて部長らしき人物が返事をした。

それだけで、先ほどまでの微妙な雰囲気が消え去った。

「ここ文芸部で合ってますよね？」

「は、はい……いや、うん？　そうだよ。新入生だよね？」

「あはは、そうですよ。新入生です」

星宮は部長らしき人物に話しかけると、穏やかな雰囲気で話を進める。

「結構人数多いんですね？」

「今日は部活見学の日だから、みんな来てくれたんだよ。普段は自由参加だから三、四人ぐらいかな。部誌の相談とか重要な日はもちろん来てもらうけどね」

「ということは、これで全員ですか？」

「うん。あ、でも今はひとりいないね。トイレに行ってるのかな？」

「へぇー。じゃあ十一人ですか。ちなみに活動は週に何回ぐらい――」

文芸部の部長らしき眼鏡男子は、露骨《ろこつ》にでれでれしながら饒舌《じょうぜつ》に説明を続ける。星宮もにこにこしながら上手に相槌《あいづち》を打っていた。会話スキルがめちゃくちゃ高いな。

どんな相手でも合わせられるというか、自然に話を引き出している。

流石は学校一の美少女・星宮陽花里。天性の陽キャだ。

『真の陽キャは陰キャとも上手に接する』みたいな話も聞いたことがある。

前回の俺が高校デビューに失敗した後ですら、星宮は何事もなかったかのように話しかけてくれた。俺だけじゃなくみんなにそうするから、勘違《かんちが》いはしなかったけど。

「なんか俺たちがいるとアレだし、外で待ってようぜ」

竜也が頭をかきながら提案する。粗野《そや》な態度でも、意外と空気が読める男だ。

……いや、意外でもないか。

そもそも空気を読めない男が、クラスの中心に立てるわけがない。

こう見えて、竜也もいろいろ考えながら行動している……というよりは、場の雰囲気を正確に感じ取っているんだろうな。陽キャ特有の勘《かん》と言うべきか。

少なくとも、俺にはないものだ。

「そうだね」

普段はうるさい詩も静かに頷き、俺たちは廊下で雑談しながら待つ。

三分も経《た》たないうちに星宮が部室から出てきた。

「もういいの？」

「うん。まだ部活見学期間長いし、のんびり考えるよ。みんな優《やさ》しい人だったし、入ってもぜんぜんいいんだけどね。週二回なら丁度いいし、しかも自由参加だから」

「へぇー、文科系の部活ってすげえ自由なんだな」

「特に文芸部は部誌の発行ぐらいしかやることないからね。後は読書だよ」

「他の部も週二、三回だし、運動部とは根本的に違《ちが》うものよ」

「まあバスケ部は週七だし、何なら俺は春休み中からやらされたからな……」

「あー、やってたよね！　女バスは入学してからだけど！」

竜也の言葉に、詩が相槌を打つ。

「あれ、だったら練習出なくていいのか？」

俺が尋《たず》ねると、竜也は頭をかきながら、

「初日ぐらいサボったって怒らねえだろ流石に……そうだよな？」

「いや、俺に聞かれても……」

肩《かた》をすくめる俺。怜太はなぜか俺をじっと見ていた。

「ん？　次は運動部だろ？　早く行こうぜ」

「……そうだね。体育館はちょっと遠いし、外の部活から回ろっか」

何だか妙な視線だったような気がするけど、気のせいか。

みんなを先導する怜太の背中に、俺も続いた。

＊

校庭を歩きながら、野球部やテニス部、サッカー部などをざっと見て回る。

涼鳴は進学校でありながら部活にも結構力を入れている学校で、運動部はどこも真剣《しんけん》に練習している。特にサッカー部は人数が多く、地区レベルでは強豪《きょうごう》らしい。

「怜太はサッカー部に入るんだろ？」

俺が尋ねると、怜太は「そのつもりだよ」と頷いた。

「レイ、挨拶《あいさつ》とかしなくていいの？　見学してる人もたくさんいたよ！」

「ほとんど中学の時からの知り合いだからね。そういうのは入部してからでいいよ」

「ほとんど……？　同じ中学ってわけじゃないだろ？」

「大島中出身でサッカー部に入るのは僕《ぼく》しかいないけど、だいたい同じ地区のサッカー部出身だし、その辺は中学の時によく練習試合していたからね。みんな仲良いよ」

気軽に言う怜太に、俺は二の句が継《つ》げない。

練習試合をしたぐらいで人と仲良くなれるものなの？

そうか……友達ってそんなに簡単にできるものなのか……。

勝手に落ち込んでいると、サッカー部を見学していた集団が声をかけてきた。

「白鳥じゃねえか！　この学校だったのか！」

「大島中の主将か！　お前もサッカー部入るだろ？」

「よぉ久しぶりだな！　俺の顔、分かるか⁉」

そんな風に声をかけられ、怜太は臆さず爽やかに返答していく。

「富士中の三馬鹿じゃないか。みんな、久しぶりだね」

「誰が三馬鹿だ！」

「馬鹿なのはこいつだけだぞ」

「馬鹿って言ってる奴《やつ》が馬鹿なんだよなぁ……」

「これ内緒《ないしよ》にしてたんだけど、実は三馬鹿ってあだ名広めたの僕なんだよね」

「「「何だとぉ⁉」」」

柔《やわ》らかい物腰《ものごし》から繰《く》り出される毒舌、流石すぎる。

怜太もやはり根が陽の者だ。その会話スキルに尊敬の念を抱く。

「──じゃ、友達待たせてるから。また後で」

しかも俺たちのために、程々《ほどほど》の長さで会話を切り上げる。

やはり俺が最高の青春を実現する上での『理想』……俺が目指す先に最も近い場所にいるのは、白鳥怜太だと思う。よく観察して、振《ふ》る舞《ま》いを学んでいこう。

＊

その後、俺たちは体育館内の部活を回った。

とはいえ卓球《たつきゆう》やバレーボールはあまり興味のあるメンバーがいなかったのですぐに通り抜《ぬ》け、奥の二面を使っている男子バスケ部と女子バスケ部に興味が向く。

まあ詩と竜也がバスケ部だからな。

竜也はすでに入部しているが、詩は初めての見学だ。

見学用に並べられた椅子から立ち上がり、「おおー！」と目を輝《かがや》かせている。

星宮がふふっと微笑《ほほえ》んだ。

「子供みたい」

「むっ、あたしの身長の話をしたか⁉」

「ちょっと違うかなー」

「じゃあ胸の話⁉　言っとくけど、これから成長するんだから！　むしろ成長する余地しかないからね。そう、だから、あたしの胸は可能性が無限大……」

「なんで自分で説明しながらテンション落ちてんだよ」

竜也が怪訝《けげん》そうにツッコむ。自分の胸を両手で触《さわ》りながら崩《くず》れ落ちる詩。

意外とそういうの気にしてるんだな。確かに絶壁《ぜっぺき》だけども。

「え、えーと？　そうだね！　わたしもそう思うよ！　詩ちゃん！」

などと励《はげ》ましている星宮には、十分すぎる大きさの双丘《そうきゅう》がある。詩は恨《うら》めし気《げ》に自分にはないそれを眺《なが》めると、くるりと星宮の背中に回ってわしゃっと掴んだ。

「うひゃぁ⁉」

「お、おお……ほう……ふむ……」

「灰原君、鼻の下を伸《の》ばすのはやめなさい。ていうか後ろ向いて」

「す、すみません！」

俺は後ろを向かされたのに対して、

「馬鹿お前、こんなところで暴れたら目立つだろ」

「詩、やめなよ」

詩を星宮から引きはがしている竜也と怜太は注意されない。

解せぬ。そんなに俺の顔ヤバかったの？　確かにエロいと思ったけども。

気づけば練習中のバスケ部の視線が俺たちに集まり、竜也がぺこぺこと頭を下げる。

「凪浦ァ！　遊んでるなら練習に交ざれ！」

「ええ⁉　見学期間の初日ぐらい見学したっていいじゃないっすか⁉」

「他の部活なんか見たって意味ねえだろ。ん？」

「そ、そっすね……いやぁ、俺も練習したいと思ってたんすよ！　実はね！　やっぱりバスケしかないっすよねぇー。な、なんすか⁉　そう睨まないでくださいよ⁉」

調子の良い竜也が先輩《せんぱい》に可愛《かわい》がられている。

縮こまる竜也はなかなか珍《めずら》しい光景で、俺たちは目を合わせて笑う。

「あっはは！　タツ、カッコ悪！」

……俺だけは、実は見慣れているんだけどな。俺もバスケ部だったから。
でも俺は竜也のように可愛がられることはなかった。
それは俺がつまらない奴だったからだ。遊んでやる価値がないとそう思われたんだ。
竜也は面白い奴だ。だから、あんなに人が集まる。たとえ上級生でも。
「元々サボリだからね。きっちり叱《しか》られるといいよ」
怜太が肩をすくめる。
竜也は着替《きが》えるためか、部室に向かっていった。
どうやら結局練習に参加するらしい。
「悪い！」というデカい声が遠くから聞こえてきて、俺たちはさらに笑った。
――そんな時。
体育館の入り口から、見知った顔が入ってくるのが見えた。
目が合う。お互いに「あ」と口から零れた。
俺の視線につられて、みんなの視線も一斉《いっせい》に後ろに向く。
「……美織」
そこにいたのは幼馴染《おさななじみ》の少女。

会いたくない奴に出会ってしまった。

彼女《かのじょ》は俺と、それからその周りに目をやり、ニヤニヤと笑った。

ほら、絶対こういう反応すると思った。頼《たの》むから余計なことは言わないでほしい。

「やっほー、夏希。結構上手くいってそうじゃん」

「やかましいわ。黙《だま》っててくれ」

「あ、ひどー。これでもあなたを心配してたのに……いやごめん、してないかも」

「嘘《うそ》つくならちゃんと貫《つらぬ》き通してくれる？」

じゃないと俺の心が傷つくんだが？　ただでさえガラスなんだぞ。

美織の周りには三人の女子がいる。彼女は彼女で友達と部活見学をしているらしい。

「知り合いかい？」

怜太の問いに、仕方なく頷く。

「同じ中学なんだよ」

「へぇ、仲良さそうだね」

「いや、別に――」

「――全然そんなことないよー。まったく、これっぽっちも」

普通《ふつう》に否定しようとした俺の言葉に、さらっと美織が被《かぶ》せる。いや、別に俺も否定しようとしていたけど、そんなに仲良くないことを強調する必要ある？　ないよね？

「夏希たちも部活見学でしょ？」

「ああ――そういやお前はバスケ部に入るんだっけ」

「うん、そのつもり。だから見学に来たんだ」

「え、本当⁉」

俺と美織の会話に、詩が勢いよく反応する。

「あたし、佐倉詩！　あたしもバスケ部に入る予定！」

「え、ほんと？　じゃあ一緒だ。――私、一組の本宮美織です。よろしくね」

いえーい、と、二人はハイタッチする。陽キャは仲良くなるのが早いな。

「あれ、男バスのマネージャー志望とかじゃないよね？」

「違う違う。普通に女バスだよ。佐倉さんもそう聞くってことは女バスだよね？」

「あ、だよね！　そうそう！　あたしは見るよりやる方が好きだからさ」

「あはは、なんかそんな気がするよ」

「そう？　何でだろ？」

「詩は元気に満ち溢《あふ》れているからね、見れば分かるよ」

柔和《にゅうわ》な笑《え》みと共に呟くのは怜太だ。詩は実感がないのか、首をひねっている。

「詩は人のサポートとかできないでしょ？」

「ひどっ⁉」

怜太の毒に詩は愕然《がくぜん》とする。

面白いけど、こういう怜太の毒は仲が良いからこそのものだ。

まだ距離感《きょりかん》を掴《つか》み切れていない俺が真似《まね》するものじゃないだろうな。

とはいえ黙っているのもアレだし、無難に口を挟《はさ》んでみるか。美織がいると話しにくいけど、仕方ない。先ほどまでの話題を続けるように、詩に問いかけてみる。

「実際どうなんだ？」

「まあマネージャーとかやるのは無理かな！」

「あー、やっぱり？」

「やっぱりとか言うなし！　頑張ればできるよ頑張れば！」

「あはは、逆に怜太はそういうの得意そう」

「僕？　まあ僕は人の心の機微《きび》とかちゃんと見てるからね。詩と違って」

「いちいちあたしを馬鹿にするのやめない⁉」

漫才《まんざい》のような詩のオーバーリアクションに美織はくすくすと笑って、

「あはは、面白いなー二人とも。……怜太君っていうんだ？」

「ん、そうだよ。ごめん自己紹介《しょうかい》が遅《おく》れたね。僕は白鳥怜太、よろしく」

「美織です！　怜太君でいいかな？　――ていうか、めっちゃイケメンだね！」

……んん？　なんか美織の距離の詰《つ》め方《かた》がエグいんだが。

「ありがと、僕も美織ちゃんでいいかな？　それとも、ちゃん付けは嫌《いや》かな？」

「気にしないけど、呼び捨てでいいよー」

名前だけで姓《せい》を言わないのは、まさか名前で呼ばせるためか……？

というか怜太との距離が物理的に近い。どう考えても怜太を気に入っただろコレ。

まあ怜太ほどのイケメンは学校中を見渡《みわた》してもなかなかいないと思うが。荒々《あらあら》しさがある竜也とも違って、万人《ばんにん》受けする正統派だし。アイドルグループの中央で踊《おど》ってそう。

二人で盛り上がる怜太と美織を横目に、俺はちらりと周囲を窺う。

星宮と七瀬が、美織と同じグループと思《おぼ》しき三人の女子と話している。話が途切《とぎ》れることもなく、自然に会話していた――が、ふと金髪《きんぱつ》のギャルっぽい女子が美織を呼ぶ。

「美織、そろそろ行かない？」

「あ、そうだね！　おっけー。じゃあ怜太君、佐倉さん、またね！」

ぱたぱたと走って、美織は三人の少女のところに戻ろうとする――が、その途中《とちゅう》で何を思いついたのか、今度は俺のもとに駆《か》け寄ってくる。

「まだなんかあるのか？」

顔をしかめると、耳元で囁《ささや》いてきた。

「……高校デビュー成功してるじゃん？」

「放っといてくれよ」

「んー、そういうわけにもいかないかな。私、怜太君気に入っちゃったし、協力してね？」

「ええ……」

俺が嫌そうに顔を歪《ゆが》めると、美織はにこりと微笑む。

「その代わり、何かあれば協力してあげるからさ」

一方的に言って、美織はそのまま三人の少女と共に去っていった。

否定も肯定《こうてい》もしていないんだが……俺が提案を受け入れたと思ってそうだな。

「やっぱり仲良さそうだね？」

「あいつが誰とでも仲良くできるタイプなだけだぞ」

「ふーん……じゃあ僕に似ているのか。最後、何話してたんだい？」

――お前の話だよ、とは流石《さすが》に言えないよな。

高校デビュー云々《うんぬん》にも触《ふ》れたくない。だって恥《は》ずかしいし。

「大したことじゃない。中学の時の話さ」

適当に誤魔化《ごまか》して肩をすくめる。怜太は「なるほどね」と微笑んだ。

そんなやり取りをしていると、いつの間にか竜也がバスケ部の練習に交ざっていた。

ひぃひぃ言いながら先輩にしごかれる竜也を見つつ、俺たちは笑い合う。

今のところ、俺はその輪に問題なく溶け込《とこ》んでいる……と、自分では思っている。

――高校デビュー成功してるじゃん、という美織の言葉が脳裏《のうり》を過《よぎ》る。

美織の目にもそう見えるのなら、少なくとも現時点では順調だと思っていいのだろうか。

ただ、問題はここからだ。

俺はスタートラインに立っただけに過ぎない。

ここからの俺の振る舞いが、俺の二度目の青春の色を決めるはずだ。

▼第二章　夢のような日々

——入学式から約一週間が経過した。

四月中旬《ちゅうじゅん》。週末の金曜日。少しだけ学校生活に慣れてきた頃《ころ》。

もっとも二周目の俺だけは慣れるまでもない——と言いたいところだが、思いのほか忘れていることも多く、新鮮味《しんせんみ》のある日々を送っていた。

数学教師の淡々とした声音《こわね》がしんとした教室に響《ひび》く。

窓から流《なが》れ込む春の穏やかな風が心地《ここち》いい。ちらりと教室を見回せば、居眠《いねむ》りしている生徒が増えていた。六時限目。今日最後の授業だし、みんな疲《つか》れているのだろう。

「——この問題は宿題とする。今日はここまでだな」

数学教師が時計を見ながら言うと、丁度よく授業終了《しゅうりょう》の鐘《かね》が鳴った。

「やっと終わったー！」

俺の前席の詩《うた》が大きく伸びをしながら言う。

「元気だなぁ、詩は」

あくびしながら俺が言うと、詩は俺の机の上に肘《ひじ》を乗せながら、

「だって、明日は休日だよ？　ようやく！　待望の！　もう毎日みっちりと勉強させられるのはうんざりなんだよ！　これで部活に専念できるーっ！」

そんな風に喜ぶ詩は、部活見学の日に女子バスケ部に入っている。

「で、また月曜から勉強の日々が始まると」

「人がせっかく喜んでるのに、現実を突《つ》きつけないでよ!?」

俺の後席。教科書を片付けながら呟いた怜太《れいた》の毒に、詩が頭を抱《かか》える。

「──そもそも、部活はできねえぞ？」

少し離《はな》れた席からやってきた竜也《たつや》が、怪訝そうに眉《まゆ》をひそめている。

詩はきょとんとした表情で、

「え、どういうこと？」

「明日明後日《あさって》は体育館の工事で部活できねえって話だったろ」

「ホームルームで担任も言ってたね」

「そ、そういえばそうだったーっ!?　でも今日できるからよし！」

竜也と怜太の言葉に、頭を抱えたかと思えばガッツポーズ。動きがやかましい。

「でも、そうなると土日が暇《ひま》だねー。どうしようかなぁ？」

「――じゃあ詩ちゃん、どこか遊びに行こうよ」

いつの間にか近くにいた星宮《ほしみや》が、可憐《かれん》な微笑と共に詩を誘《さそ》う。

「え、ほんと⁉　行こう行こう！　やった、ヒカリンとデート！」

「だったら、みんなで遊ばね？　俺も暇なんだよな」

「えーっ、タツはいいよ。あたしとヒカリンのデートを邪魔する気？」

「まあまあ詩ちゃん。せっかくの機会だし、みんなで遊んだ方がきっと楽しいよ」

「陽花里《ひかり》が行くなら、私も行くわ。土曜日なら空いてるから」

すまし顔で寄ってきた七瀬《ななせ》が、淡々と言う。その手は星宮の頭を撫《な》でていた。この一週間で分かってきたけど、七瀬は星宮のことをめちゃくちゃ可愛がっている。

星宮の視線が俺に向く。一瞬《いっしゅん》何かと思ったが、予定を知りたいのだと気づいた。

「俺も暇だよ。帰宅部だし、土日どっちも余裕《よゆう》」

あ、危ねえ。俺が人に誘われることなんてないという無意識の思《おも》い込みが、この会話への参入を阻止《そし》していた……なんで過去の価値観が今の俺の邪魔をするんだ！

「……となると、後は怜太くんだね？」

星宮の問いに、怜太は難しい顔で腕《うで》を組む。

「土曜日の午後ならって感じかな。僕は普通に部活あるからさ」

体育館の工事で部活が休みになるのは、体育館で活動する部活だけだ。

当然だが、サッカー部の怜太はそこに含《ふく》まれない。

「そういや、星宮は部活ねえのか？　結局文芸部入ったんだろ？」

竜也の問いに、星宮は頷く。

「入ったけど、平日の週二回だけだからね。休日はいつでも遊べるよ……あんまり遊びすぎるとお母さんと唯乃《ゆいの》ちゃんに怒《おこ》られるから、程々にだけど」

「陽花里は放っておくとすぐ成績が落ちるから、ちゃんと見張っておかないと」

鼻を鳴らして腕を組む七瀬がおかしいのか、詩が破顔した。

「あはは、お母さんが二人いるみたいだね！」

「……せめてお姉ちゃんにしてくれるかしら？」

唇《くちびる》を尖《とが》らせる七瀬。

大人っぽい口調や雰囲気から、意外と子供っぽい行動をするのが可愛いな。

「――まあ、そのへんの相談は後にしよう。そろそろ掃除《そうじ》しないとまずいからね」

六時限目の後は掃除の時間だ。

いくつかのグループに分かれて、それぞれ掃除場所が決められている。

俺たちが話《はな》し込んでいる間に、クラスメイトたちは動き始めていた。みんな不良ではないからな。掃除担当を人に押《お》し付けたりすることはない。

怜太の一声で、その場はいったん解散となった。

＊

その日の放課後。

みんなが部活へ消えていく中、俺《おれ》は密《ひそ》かに緊張《きんちょう》していた。

——今日、俺は星宮を誘うつもりだ。

別にデートではない。単に、一緒《いっしょ》に帰るだけの誘い。最強の陰《いん》キャを自負する俺は異性に喋《しゃべ》りかけるだけで天地がひっくり返る思いだが、陽キャなら普通のことだろう。

なぜ今日なのか、と言われると理由はいくつかある。

まず、入学から約一週間が経過し、それなりに仲良くなってきたことが一つ。

最初はグループの会話に交ざる感じが精一杯《せいいっぱい》だったが、二、三人での会話でも、普通に話せるようになってきた。これは星宮に限らず、みんなに対してもそうだけど。

二つ目は明日みんなで遊ぶことになったから、共通の話題があること。もちろんこれは偶然《ぐうぜん》だけど、話を広げやすいしチャンスだと思う。

三つ目はタイミング。星宮は文芸部に入部し、火曜日と木曜日は部活に行っていて帰宅部の俺とはタイミングが合わない。わざわざ待つのは流石に引かれるだろうし。

そして月曜日と水曜日は七瀬と一緒に帰っている。そこに交ざる手もなくはないが、同じ中学出身で仲の良い二人（しかも異性）の間に割《わ》り込むのはハードルが高すぎる。

だが金曜日は星宮の部活がなく、しかも七瀬には学校近くの習い事があるので、二人は一緒に帰らない。この一週間で、俺はそこまで分析《ぶんせき》していた。キモいって言うな。

虹色《にじいろ》の青春を掴み取るためなら、陰キャを極《きわ》めることも辞さない。それが俺の矜持《きょうじ》だ。

「──あれ、星宮、今日はひとりで帰るのか？」

廊下《ろうか》を歩く星宮に、俺は後ろから声をかける。あたかも何も知らないような調子で。

星宮は振り返って俺を見つけると、柔らかく微笑んだ。可愛い。

俺だけじゃなく廊下を行き交う生徒たちも、星宮の可憐さに見惚《みと》れている。

「そうだよー。唯乃ちゃんが用事あるからね」

「お、じゃあ一緒に帰ろうぜ。確か星宮も電車だったよな？」

めちゃくちゃ緊張しているものの、どうにかそれを表情に出さないように抑《おさ》える。

ちゃんと軽い調子で誘えただろうか。

「うん、いいよ！　わたしは両毛線で高崎までかな。夏希《なつき》くんは？」

星宮が笑顔《えがお》で頷《うなず》いてくれて、心の底から安堵《あんど》する。

「高崎までは一緒だな。俺はそこから高崎線に乗り換《か》えて、もうちょい先だけど」

「水見中出身だもんねー。遠くて大変そう」

「一週間も経てば慣れてきたよ。何だかんだ一時間ぐらいだし」

「あ、じゃあ意外とわたしと同じくらいの登校時間かも。わたし、高崎で降りた後に家まで結構歩くから。駅まで自転車で行こうかなって思ってるんだよねー」

当《あ》たり障《さわ》りのない話題から、円滑《えんかつ》にトークが進む。

俺と星宮がそうやって並んで歩いていると、やたら周りの注目を浴びた。

星宮は毎日こんな視線が集まっているのか……。何というか、やりにくいな。

可愛すぎるがゆえの弊害《へいがい》って感じか？

それとも一応俺という異性と一緒だから、注目されているのか？

そう考えると、なんかじっとりとした嫉妬《しっと》の目線が多いような気もする。

ふはははは！　陰キャどもめ！　貴様らは星宮と一緒に帰るなんて真似はできまい！

何という優越感《ゆうえつかん》！　虹色の青春とはこのことか……。

「今日はなんか、視線が集まるね？」

などと俺が調子に乗りまくっていると、星宮が居心地《いごこち》悪そうに呟《つぶや》く。

「確かに。やっぱり星宮がいると違うな。流石は学校一の美少女」

「唯乃ちゃんの言うことを真に受けないでよ！　ていうか、こっちのセリフなんだけど？」

「……どういうこと？」

俺は怪訝に思って眉をひそめる。純粋《じゅんすい》に、言葉の意味を測《はか》りかねた。

「わたしひとりでこんなに注目されたりしないよ。アイドルじゃないんだから。注目されてるのはわたしだけじゃなくて、夏希くんもだよ」

「俺が、注目？」

……いやいや、そんなわけがなかろう。

確かに筋トレやら何やらで容姿を変える工夫《くふう》はしたが、所詮《しょせん》は俺なのだから。

「星宮と一緒にいるから、悪口でも言われてるのかな？」

「あー、夏希くんってもしかして無自覚タイプ？」

「？？？」

「……なるほどね。んー、何となく君のこと分かってきた」

まずい。会話についていけてない。でも星宮は楽しそうだからいいのか？

俺のことについて言っているのは分かるが、どういうことなのかマジで分からない。

「よく分からんけど、俺ひとりの時に注目を浴びることなんてないぞ」

いや、たまに女子からひそひそ話はされているけど。いくら俺が陽キャグループになぜか潜《もぐ》り込んでいる陰キャとはいえ、陰口《かげぐち》だけはやめてほしいんだ……。

「やっぱり鈍感《どんかん》だ……」

「鈍感？　いやいや、俺ほど敏感《びんかん》な奴もなかなかいないぞ」

何なら、隣の席の女の子が消しゴムを拾ってくれただけで俺のことが好きだと思っていたことすらある。後で知ったが、その女の子には大学生の彼氏《かれし》がいた。

……これ別に俺が敏感だと分かる話じゃないな。ただ勘違いしてるだけだわ。

「ふふ、じゃあ、今日のところはそういうことにしとこっか」

星宮は俺に笑いかけてくる。

その表情に胸が高鳴り、上手《うま》い返答が思いつかない。

「明日どうしよっか。みんな部活に行っちゃって、具体的なこと何も決めてないよね」

話題転換《てんかん》。それは俺も振ろうと思っていた話題なので準備はしてある。

「今日の夜にＲＩＮＥで話し合えばいいんじゃない？」

「でも、ＲＩＮＥグループ作ってないよね？」

「──あ、そういえばそうだな。てっきりもう作ってあると思ってた」

などと言っているが、単にＲＩＮＥグループという発想がなかっただけである。クラスのグループチャットにすら招待されないことに定評（?）があったからな……。

「わたしも」

星宮はくすくすと笑う。ポケットからスマホを取り出しながら、

「じゃあ今作っちゃおうか。いつもの六人のグルチャ」

そう言って操作を進める星宮。

ＲＩＮＥの友達登録自体は入学式の日に済ませてあるので、後はグループを作って招待するだけだ……と思う。作ったことないから知らないけど。

「グループの名前どうする?」

「んー、めちゃくちゃ何でもいいな」

「本当に何でもいいしどうでもいいんだけど、逆に悩《なや》むね。夏希くんが決めてよ」

「じゃあ『星宮ファンクラブ』で」

「その名前のグループをわたしが作るの、ヤバくない?」

「確かに」

目を合わせて、笑い合う。

「じゃあ『夏希くんファンクラブ』にしちゃおっかなー」

「俺にファンなんているわけないだろ……」

「……ふーん。じゃあ『夏希くんファミリー』にしちゃおう」

「おい」

一応否定気味に言ってみたが、星宮は勝手に作ってしまう。

自分のスマホを開くと確かに招待が来ていたので、大人しく参加した。

『夏希くんファミリー』に参加する夏希くんとは、これいかに。

「招待来てた？」

「ああ、入ったよ」

「あ、ほんとだ。唯乃ちゃんも入ったね。他のみんなは部活中だし、まだ気づかないかな？」

「そうだろうな」

記念すべき（？）俺の初グループだ。俺の数少ない友達登録者（七人）が二人を除いて全員招待されている。ちなみに残りの二人は母さんと妹だ。友達ですらない。

「夏希くん、こっち向いて」

星宮の言葉を聞いて顔を上げると、その瞬間《しゅんかん》パシャリと音が鳴った。

「えへへっ、撮《と》っちゃった！」

「俺を撮ってどうするんだよ」

「もちろんグループのトプ画にしますー。『夏希くんファミリー』だからね！」

「えーっ、おいおい」

口では文句を言う俺だが、はしゃぐ星宮が可愛すぎて言葉に強さがない。こっちは慎重《しんちょう》に距離感を見極《みきわ》めているというのに、いとも簡単に心を鷲掴《わしづか》みにしてくる少女だった。

ここはやり返してみるのも楽しそうじゃないか？

「じゃあ星宮、こっち向いて」

「ん？」

スマホのカメラアプリを起動し、星宮がこっちを向いた瞬間に写真を撮る。

うむ、綺麗《きれい》に撮れた。家宝にしよう……って、そうじゃなかった。撮ったばかりの星宮の顔写真を、『夏希くんファミリー』のトップ画像に設定する。

「ちょ、ちょっとー⁉　夏希くん⁉」

「仕返し」

という名目で星宮の写真を合法的に入手した。

こうなったら、どうあがいても俺の勝ち。

星宮が俺の写真に再び変更《へんこう》したので、俺は対抗《たいこう》して再び変更する。

むむ、と星宮は可愛らしく睨《にら》んできた。まるで怖《こわ》くないので思わず笑ってしまう。

「そうだ！　じゃあ間を取って、二人の写真にすればいいよ」

星宮はそう言って、俺との距離を縮める。

ふわりと甘《あま》い香りが鼻腔《びこう》をくすぐった。心臓の鼓動《こどう》が一気に高鳴る。

何をするかと思えば、腕同士がくっつくような距離で——

「はい、笑って笑ってー」

パシャリと、スマホで写真を撮った。

笑ってとは言われたけど、俺はだいぶ間抜《まぬ》けな面を晒《さら》していた気がする。

「よし、これなら文句ないでしょ！」

星宮はそう言いながら、トップ画像をその写真に変更する。

ＲＩＮＥでその写真を見ると、確かに俺と星宮のツーショットだった。

星宮は写真慣れした感じの微笑《びしょう》を浮《う》かべているが、俺はなんかぎこちない笑みを浮かべて顔を赤くしている。

「……な、なあ星宮」

星宮は足を止めて、その画像に変更したグループチャットを眺めている。

「な、何かな⁉」

「……これさ、めちゃくちゃ恥ずかしくない？」

自意識過剰《かじょう》かもしれないが、俺たちの仲を他の連中に見せつけているように見える。

「……だって、このグループ画像のままみんなに招待が飛ぶんでしょ？」

「……そ、そうだね。めちゃくちゃ恥ずかしいね！　やめよっか！」

星宮も恥ずかしくなってきたのか、顔を赤くしている。

俺も少しずつ星宮のことが分かってきた。意外とノリで動いて後悔《こうかい》するタイプだ。

冷静になった俺たちは無難に通学路の桜並木を撮り、それに変更する。まだ七瀬以外はグループに入ってないし、何とか事なきを得た——と思った瞬間だった。


七瀬唯乃『RINEでイチャつかないでくれる？』

七瀬が一部始終を見ていたのか、グループにチャットしてきた。星宮とイチャついていたと思われたのは結構嬉《うれ》しいが、星宮は単純に恥ずかしがっている。


星宮ひかり『イチャついてない！』

七瀬唯乃『いや、誰《だれ》が見てもイチャついていたと思うのだけど……』

夏希『これに関しては俺のせいじゃない』

星宮ひかり『わたしのせいだって言うの!?』
夏希『そりゃそうだよ』
七瀬唯乃『どうせ一緒にいるくせにわざわざRINEで争わないでくれる?』
夏希『あまりにもその通りすぎる』
星宮ひかり『とにかく、イチャついていたわけじゃないからね!』
七瀬唯乃『はいはい』

そんなに全力で否定されると若干《じゃっかん》傷つく俺。口には出さないけど。

「まったくもう、唯乃ちゃんは……」

白い肌《はだ》を紅潮させていた星宮は、ぱたぱたと手で顔を扇《あお》いでいる。

そんな星宮を横目に、密かに保存したツーショットを眺める俺。家宝にしよう。

「まあ七瀬だって、本気で言ってるわけじゃないし」

そんな風にくだらないやり取りをしていたら、いつの間にか駅にたどり着いていた。

でも、こういうくだらないやり取りこそが、俺の望んでいたものだと思う。

みんなと——星宮と一緒に歩く世界は、虹色《いろど》に彩られて見えた。

あの頃の、灰色の世界とは違《ちが》う。それを最近ようやく実感してきた。

「ひとまずグループは作ったけど、実際明日どうしよう？」

「怜太が午前中部活だし、午後の一、二時集合ぐらいかな？」

「うん。集合場所は駅前とかでいいよね？　電車組が三人いるし」

「いいと思う。後は何をするか、だけど……」

「わたしが提案したんだし、わたしが方針ぐらいは考えておくべきだと思うんだよね」

「んー、ショッピングモールとか行く？」

「それもいいよね、新しい服とか欲《ほ》しいし」

そうは言いつつ、ピンと来てない様子の星宮。

俺はネットで見た『高校生の遊び場』みたいなサイトで得た知識の中で、駅の近くにもあるもの、できることをそのまま挙げていく。群馬だからだいぶ絞《しぼ》られるけど。

「駅の近くでざっと思いつくのはラウワンのスポーチャとか、カラオケとか、ゲームセンターとか？　誰かの家が近いなら、そこに集まるのもありだけど」

「あー、スポーチャいいね！　わたし、体動かしたいと思ってたんだー」

スポーチャとは、ラウワンと呼ばれる総合アミューズメントパークに設置されているスポーツアトラクション施設《しせつ》だ。バスケとか、卓球《たっきゅう》とか、ダーツとか、バッティングとか、バドミントンとかテニスとか、いろいろなスポーツができるはずだ。

時間入場制なので、制限時間内であればどんなアトラクションを何回でもやっていいらしい。まあ俺はやったことないので、あくまでネットの知識だが。

「運動不足のおばちゃんみたいなこと言うね」

「おばちゃん言うなし！　詩ちゃんとか竜也くんだって絶対好きでしょ。あの三人はいつも部活で運動してるだろうけど、それって運動大好きってことだろうし」

そんな風に話し合いながら、改札を通って電車に乗る。

時間帯のせいか、いくら車社会の群馬とはいえ、それなりに混んでいた。

「怜太が部活終わった後にスポーチャで遊ぶ体力があるかどうかだな」

「あー、まあそれは相談すればいっか。あくまで提案だし」

ガタンゴトンと揺《ゆ》れる列車の中には、同じ制服も何人か見かける。

それにしても、

「星宮は運動得意なのか？」

「全然駄目《だめ》。だから期待はしないでね？」

そうだよな。俺はそれを前回の記憶《きおく》で知っていたから、スポーチャ推《お》しは意外だった。

「苦手でも、好きなことってあるでしょ？　だからやりたいんだ」

星宮が何気なく吐《は》いたその言葉が、俺の心に刺《さ》さる。

「……そう、だな」

それはまさに今の俺の心境を言い当てるものだった。

苦手でも、好きなこと。

俺は、どんなに取り繕《つくろ》っても本質的に陰キャだ。

陽キャっぽい振《ふ》る舞《ま》いをするのは苦手で、気疲《きづか》れする。

だけど、そうした振る舞いで得られる人間関係は充実《じゅうじつ》していて、楽しいと思える。

ひとりぼっちの頃は灰色だった世界が、虹色に彩られて見える。

だから好きなんだ。

好きだから今こうしているんだ。

苦手でも、分不相応でも。

「――ありがとな、星宮」

星宮は、そんな俺の歪みを肯定してくれたような気がした。

「ん？　何か言った？」

「……いや、そろそろ高崎だなと思って」

そんな俺の言葉と共に電車がゆっくりと止まり、ドアが開く。

「あ、着いたね。じゃあ夏希くん、また明日！」

「うん、また明日」

星宮が手をひらひらと振って俺に挨拶《あいさつ》をしてくれる。

その幸せを噛《か》みしめながら、去っていく星宮を見送る俺だった。

*

「……うーむ」

帰宅後、俺は難しい顔をしていた。

実は悩んでいる。割と真面目に悩んでいる。

——明日、何を着ていくべきか。

そう、学校は制服だから誤魔化せるが、休日の遊びはもちろん私服だ。

だが、中学の頃のクソダサシャツとヨレヨレズボンでドン引きされたくはない。

「……服、買いに行くか」

自慢《じまん》じゃないが、俺にファッションセンスはない。

とはいえ大学四年間は普通に私服で通っていた。

その経験から、無難なファッションだけは何となく分かる。まあファッション系のユーチューバーが紹介していた服をそのまま着ていただけなんだけど。

問題は、ここが七年前だということ。俺が悪くないと思っても、七年前のセンスだとダサく見える可能性はなくもない。……うーん、どうしたもんかなぁ。

と、悩んでいたところでスマホの着信音。

登録されていない番号からの電話だ。とりあえず応答してみる。

「はい？」

『あ、夏希？　私だよ』

「……美織《みおり》？　どうした急に。ていうか何で俺の番号を知ってるんだ？」

『波香《なみか》ちゃんに聞いただけだよ』

「そういやお前、妹と仲良かったっけ……」

すっかり忘れていた情報だ。確かに波香と美織は前回も連絡《れんらく》を取り合っていた。

「わざわざ俺の番号を聞いてまで何の用だ？」

『ちょっと情報収集しようと思ってさ。私の怜太君のことを』

「いつお前のものになったんだ……」

『細かいことはいいから、今出てこられる？』

「電話じゃ駄目なのか？」

『別に電話でもいいけど、家近いんだから直接話した方が早いでしょ』

確かにな、と同意して俺は家を出る。服はただのジャージだが、美織相手だしこれでいいだろう。そもそも、今はジャージぐらいしかまともに着られる服がないのもある。

「あの公園でいいのか?」

『ん。てか私、もう着いてるから』

電話しながら少し歩くと、すぐに近くの公園に辿《たど》り着いた。夕日が差し込む中、美織がブランコに腰《こし》かけている。もう道端《みちばた》の桜並木は緑色に変わっていた。

「うわ、ダッサ」

美織が顔を上げて、まず呟いたのがそれだった。

「開口一番にそれか。ジャージにダサいもクソもあるかよ」

と、返しつつも若干傷ついている俺。こっちのメンタルはガラスなんだよ!

「仮にも女の子との待ち合わせにジャージで来る?」

「まともな服を持ってないんだよ。何ならこれが一番まともまである」

「それ、本気で言ってる?」

うわぁ、とドン引きしたような顔の美織は、ラフながらも良い感じの私服だと認めざるを得ない。レースの女の子らしい白ブラウスに細身のジーンズ。

……しかし、改めて見るとこいつも美少女だな。制服姿は見慣れているから、久々に見た私服とのギャップで可愛く見えているのだろうか。そういうことにしておこう。

小学生の頃《ころ》は男と見間違《みまちが》うような髪型《かみがた》と服装（というか短パン小僧《こぞう》）だったのにな。

……こいつのセンスに頼《たよ》ってみるか。ただで情報提供するのも癪《しゃく》だし。

「怜太の話をするのはいいけど、交換《こうかん》条件だ」

「ん？　もちろんいいけど、もう何か困ってるの？」

小首を傾《かし》げる美織。もう、とか余計な副詞つける必要ある？

「実は明日、あの面子《メンツ》で遊びに行くんだが……」

「あー、もう分かった。着ていく服がないんだね？」

呆《あき》れ顔《がお》の美織に頷く。

「俺のセンスじゃどうなるか分かったもんじゃない。だから頼《たの》む」

「明日となると、今日中かぁ。ちょっと急だし、近くのユニシロで選ぶぐらいしかできないと思うよ？　そうなると、無難なものでよければって感じだけど」

「無難でいいよ。むしろ無難がいい」

「ふーん。じゃあ、さっそく向かおっか。あんまり帰りが遅《おそ》くなっても嫌だし」

美織と並んで歩き出す。

近くのユニシロは駅前なので、ここから歩くと十分ぐらいだろう。

さっそく怜太について聞かれるのかと思っていたら、美織はスマホで誰かとＲＩＮＥのやり取りをしているらしい。その間、特に会話もなく足を進める。

美織は昔と変わらない接し方をしてくるが、俺はどうにも距離感《きょりかん》を測りかねていた。昔はガキ大将みたいだった美織も、今ではちゃんと女の子らしくなっているわけだし。

それに、中学三年間の空白はかなり大きい。

昔は気にならなかった二人きりの沈黙《ちんもく》が、気まずいと感じる程度には。

「すぐに昔みたいになんて、戻《もど》れないよね」

美織の呟きは、俺の心を見透《みす》かしたかのようだった。

驚《おどろ》いて顔を上げると、いつの間にか美織はじっと俺の顔を見つめている。

「図星だった？　あなた、昔から分かりやすいよね」

「……お前が相手だと、気が緩《ゆる》むんだよ」

いつの間にか思考の海に沈《しず》んでいた。竜也たちと一緒にいる時は、そんなミスをしないように気を付けている。黙《だま》り込んでいると感じ悪いからな。

でも、昔の俺を知っている美織の前では、あまり見栄《みえ》を張る気にはなれなかった。

「どう？　高校デビューの調子は」

「俺の涙《なみだ》ぐましい努力を高校デビューなんて端的《たんてき》にまとめるな」

いやまあ、これ以上なく的確な単語なんだけど。

「まさかあの夏希が、あんなきらきらした面子と一緒のグループなんてねー」

「……分不相応なのは分かってるよ」

唇を尖らせると、美織はふるふると首を振った。

「そんなことないでしょ。今の夏希も、ちゃんときらきらしてるよ」

「……………お、おぅ……」

急に褒《ほ》められると、動揺《どうよう》するからやめてほしい。

「うわ、その反応はキモいかも。今、ぜんぜん輝《かがや》いてないよ」

「うるせ。褒められ慣れてねえんだよ」

そっぽを向くと、美織はふふ、と口元を押さえながら笑う。いつの間にか、仕草も女の子らしくなっている。三年の時は、人を変えるには十分だったらしい。

「まあ、あなたがきらきらしてること自体が、私からすると面白《おもしろ》いんだけど」

「……だから、同じ中学の奴《やつ》と一緒の高校に来たくなかったんだよ」

「そうかな？　本当の自分を知っている人も近くにいないと、苦しくない？」

美織が夕暮れの空を仰《あお》ぎながら零《こぼ》した呟きに、俺は押し黙る。

あまり考えたことのない言葉だった。でも、確かにそうかもしれない。

「あなたが素で頼れる相手なんて、私しかいないんでしょ？」

自信ありげな言葉にムカつきはするが、現に服選びを頼んでしまっている以上は返す言葉もない。確かに、俺は美織にしか助けを求められないだろう。

「だから、あなたからしても、私は協力相手として丁度いいと思うの」

くるり、と美織は身をひるがえして俺の前に立つ。

「……協力相手？」

「この前も言ったでしょ。私は怜太君のことを知りたいし、仲良くなりたいの。だから手伝って。同じグループのあなたが協力してくれるとやりやすいからさ」

美織は俺に手を差し出す。この手を取ると、協力関係が成立するのだろう。

「その代わり、お前は俺に何かあれば助けてくれるってことか？」

「もちろん。あなたの高校デビュー計画を成功させ、最強の陽キャにしてあげよう！」

「別に俺は最強の陽キャになりたいわけじゃないんだよなぁ……」

単に俺は、俺自身が納得《なっとく》できる青春を送りたいだけだ。具体的には、灰色だった青春の色を虹色に書《か》き換える。そのために今こうしてやりなおしている。

陽キャを目指したのは、竜也と友達になりたいからであり、星宮と付き合いたいからであり、今みたいに仲の良い友達を作って毎日を楽しく過ごしたかったからだ。

　そんな感じのことを、やりなおしのことは伏《ふ》せて美織に話す。

「──いいか、つまり高校デビューを目指したのは手段であって目的じゃない」

「ふむふむ……つまりは彼女《かのじょ》が欲《ほ》しいわけだね？」

「話聞いてる？」

「高校デビューの目的なんてだいたい恋人《こいびと》でしょ。うんうん、分かるよ。私もイケメンの彼氏《かれし》欲しいから。……イケメンの彼氏欲しいな、めっちゃ欲しい」

「生々しい願望垂れ流すのやめない？」

　俺の女子高生に対する神聖なイメージが崩《くず》れる。

「とにかく、あなたが私に協力してくれるなら、私もあなたの彼女作るのに協力してあげるから。どうせあの三人の誰かでしょ？　みんな可愛いもんね」

　そう聞かれると、実際にそうなので何とも言いにくい。

「──そ、それより怜太のことが聞きたいんだろ？」

　俺が露骨《ろこつ》に話を逸《そ》らすと、美織は「逃《に》げたな……」と不満そうに呟いてから、

「うん。その話をするってことは、協力関係成立ってことでオーケー？」

「……まあ、別にデメリットないし、いいぞ」

実際、美織に助けを求めることができるのは、ありがたいとも思う。

素直《すなお》にそう言ったら調子に乗りそうなので言わないけど。

「じゃあじゃあ、まずは怜太君の好きなものとか聞きたいんだけどさ――」

それから急にテンションが上がった美織と話し込《こ》んでいたら、いつの間にかユニシロに辿り着いていた。俺の知っていることを根掘《ねほ》り葉掘《はほ》り聞かれた感じだ。

「まあ分かってたことだけど、この程度の情報しかないんだねー」

はぁ、とため息をつきながら美織は言う。

「そりゃ、まだ入学したばっかりだからな。表面的なことしか分からねえよ」

「ん。じゃあ、これから先に期待しとくね」

「……つーか、そんなに怜太のことが好きなのか？」

「ん？　気になってはいるけど、まだ好きってわけじゃないよ。イケメンの情報は常に収集してるだけ。顔の良い男は見ていて飽《あ》きないから最高なんだよね……」

ふふふふふ、と美織は怪《あや》しい笑《え》みを浮かべながら呟いた。

今時の女子高生、がっつきすぎで怖いよ……。

＊

そんなこんなで、近くのユニシロで無難そうな服を選ぶ俺と美織。

なぜユニシロなのかと言うと、明日までという時間的な問題もあるが、それ以上に高い服を買うお金がないからだ。服はどれも高校生には高いからな……。

「……バイトするかぁ」

数千円のシャツを眺《なが》めながら呟くと、

「そんなにお金ないの？」

「ないわけじゃないけどな、服とか買うとすぐに消えるよ」

「まあ、確かにねー」

お小遣《こづか》いは毎月貰《もら》っているが、正直足りているとは言い難い。

どうせ帰宅部で、みんなが部活をしている時間は暇《ひま》だ。バイトはありだろう。

「さてさて、どうしようかな？」

美織は俺の体をじろじろ眺めながら、顎《あご》に手を当てて難しい顔をする。

「んー、スタイルは良いわけだし、シンプルな方が似合うんじゃないかな？　元々背は高かったけど、まさかこんなに痩《や》せて筋肉までつくとはねー」

美織は何の前触《まえぶ》れもなく俺の脇腹《わきばら》を触《さわ》ってくる。体がびくっと反応した。

「ちょ、お前……っ⁉」

「なーに？　男のくせに触られるの嫌《いや》なんだ？」

くすり、と美織は笑みを零す。いくら幼馴染《おさななじみ》とはいえ、女の子のボディタッチに動揺しないわけがない。こちとら年齢《ねんれい》以上に陰キャ歴が長いんだぞ！

「じゃ、えーっと、とりあえずこれとこれと……これ！　試着室いこっ！」

美織は適当に服を選ぶと、俺の背中を押して試着室へと向かう。

何だか楽しそうだった。美織も女子だし、服を選ぶのが好きなんだろうか。

「他人を着せ替《か》え人形にするのは楽しいよねー」

「着せ替え人形にするのはいいけど、ちゃんと選んでくれよ？」

「そこは任せて。まあ素材が良いし、そんなにひどいことにはならないでしょ」

鼻歌混じりの美織に、不安ながらも任せる以外に手はなかった。

＊

「――ありがとうございました。またお越《こ》しくださいませー」

そんな店員の声を聞きながら外に出ると、すっかり日は暮れていた。

両手はずっしりと重い。明日の分に加えて、今後に備えて何着か選んでいたら一万円を超《こ》えてしまった。高校生の財布《さいふ》には痛い。痛すぎるが、これも必要経費だからな。

「結構買っちゃったな……」

「ふふ、何だかんだで楽しそうだったじゃん」

美織の言う通り、俺《おれ》は結構試着を楽しんでいた。

昔は服なんて何でもいいと思っていたけど、スタイルが良くなったおかげで何でもまともに見えて気分が良い。頑張《がんば》って痩せた甲斐《かい》があった。

「じゃあ、明日はこれ着ていくんだね？」

「そのつもりだ」

「頑張ってね。まあ所詮はユニシロだしオシャレってほどにはならないけど、それなりには見えると思うから。後は姿勢と表情かな。猫背《ねこぜ》は駄目だよ。びしっとして！」

ばーん、と背中を叩《たた》かれる。

背が高いせいかすぐに猫背になっちゃうんだよな。気を付けないと。

「また機会があれば、今度はもっと時間をかけて、オシャレな服を選んであげるよ。その分、高いとは思うけどね。何なら渋谷《しぶや》とか行ってみてもいいし！」

「そんな金ないぞ。……バイト、何にするかぁ」

夜空に向かって、ぼんやりと呟く。

春真《ま》っ盛《さか》りとはいえ、夜はまだひんやりとした寒さがあった。

「コンビニ、喫茶店《きっさてん》、ファミレス、カラオケ……本屋もありだな」

バイト先の候補を適当に考えつつ、帰路に就《つ》く。

「洋服屋さんは？」

「無理だよ。俺にセンスなんかないし、知らない人と話すのも緊張《きんちょう》する」

「センスはともかく緊張するって……人の本質はなかなか変わらないよねー」

「……そう簡単に変わるなら、苦労しないさ」

答えながら、考える。

喫茶店やファミレスのバイトなら、大学時代に経験はある。

ただ同じものをやるより初めてのバイトの方が面白そうではあった。

……うーん、どうしようかな。

バイトはバイトで、また別の青春がある気がする。慎重に選んだ方がいいだろうな。

そんなことを考えつつ、美織と別れの挨拶を交《か》わした。

＊

翌日の午後一時。

俺は緊張して三十分前に着いてしまって時間を潰《つぶ》していたが、みんなは普通《ふつう》に十分前ぐらいに集まってきた。最後に着いたのが竜也で、集合二分前だった。

「いやぁ、遅刻《ちこく》するかと思って焦《あせ》ったぜ」

と言いながら自販機《じはんき》で買った水を飲む竜也は、グレーを基調とした柄《がら》シャツに、ダメージ入りで細身のジーンズ。首には銀のネックレスがかかっていた。

人によってはダサくなりそうなファッションだが、顔や髪形《かみがた》に荒々《あらあら》しさがある竜也にはよく似合っている。ヤンキー寄りの大学生にしか見えないけど
「なんで午後の約束に遅刻しかけるのよ？」

怪訝《けげん》そうに眉《まゆ》をひそめる七瀬は、シフォンブラウスにタック入りワイドパンツ。頭にはちょこんと白いベレー帽《ぼう》が乗っていて、意外と可愛い系の私服だ。

いわゆる春らしいコーデというやつだろうか。

「タツは昔から寝坊《ねぼう》したわけでもないのに遅刻するタイプだからね！」

からからと笑う詩は、暗めのチェックシャツワンピース。ビンテージ感に溢《あふ》れているというべきか、本人の印象とは正反対の色合いで肩《かた》まで露出《ろしゅつ》している色気のある格好だ。背が低くて子供っぽい詩でも妙《みょう》に大人っぽく見える。でも、よく似合っている。

「あ、それわたしも分かるかも。時間までのんびりしすぎちゃうんだよね」

そんな風に笑う星宮は、白いブラウスに細身のパンツ。シンプルで中性的なファッションだ。女性の平均程度の身長に対して、妙に脚《あし》が長いのが見て取れる。

「そう言いながら遅刻しないタイプでしょ。星宮さんは」

怜太は白いロング丈《たけ》Tシャツの上に深いベージュの無地Tシャツを重ね、浅いベージュのオープンカラーシャツを羽織り、黒いスキニーを穿《は》いている。

冷静で柔和《にゅうわ》な怜太のイメージをカッコいい感じに変化させている気がする。

「逆に俺は早めに着いちゃって暇だったわ」

みんなの私服をじろじろと観察していた俺も、そこで会話に加わる。みんなオシャレなのはもちろんだけど、いつもより数倍魅力的《みりょくてき》で、気づけば魅入《みい》ってしまっていた。

特に女性陣《じょせいじん》。みんな普段《ふだん》の印象とギャップがありすぎる。

本人たちもその自覚があるのか、三人でお互《たが》いのコーデについて語り合っている。

どうやら星宮は意外とカッコいい系が好きで、詩は意外と大人っぽい系が好きで、七瀬は意外と可愛い系が好きらしい。休日だから化粧《けしょう》もしているのか、なんか輝いて見える。

「……あの三人、今日スポーチャで遊ぶって分かってる？」

怜太が肩をすくめる。女性陣で会話しているので、俺たちは男性陣《だんせいじん》で固まっていた。

「運動できる恰好《かっこう》じゃねえよな。似合ってるけど」

「まあそんな激しい運動するわけじゃないし、いいんじゃない？」

などと苦笑《くしょう》する二人を窘《たしな》めてはみたが、俺はスポーチャなどやったことはなく、ネットで調べた情報をもとに言っているだけなので、とんだ知ったかぶりである。

「それもそうだな。じゃ、行こうぜ」

竜也が歩き始めると、みんな雑談しながらその後をついていく。

休日にみんなで遊ぶのは初めてなので新鮮《しんせん》な気分だ。結構ワクワクしている。

「……ねえ夏希くん、その服どこで買ったの？」

星宮が隣《となり》からひょこっと顔を出し、俺の顔を覗《のぞ》き見るように尋《たず》ねてきた。

「ん？　これなら普通にユニシロだけど……ダサいかな？」

俺が心配していると、星宮はくすくすと笑ってから否定する。

「もう、夏希くんはネガティブだなぁ。褒めようと思ってたんだよ？」

その言葉を聞いて、内心ほっとする。どうやら美織のセンスは正しかったらしい。

オーバーサイズ気味のシャツに、太めの黒いスラックス。ゆったりとして着やすいデザインで、シルエットが良い。これを選んでくれた美織には頭が上がらない。

「ほ、星宮も……似合ってるじゃん。その服、カッコいいよ」

星宮が俺の服を褒めてくれたんだから、俺が星宮の服を褒めても自然な流れのはず。そう思って発言したらちょっとつっかえかけたけど、何とか声は震《ふる》えなかった。

「カッコいいかぁ。可愛いじゃないんだ？」

星宮は若干不満そうに呟《つぶや》く。

可愛いの方がよかったか？　でも、それが素直な感想なんだよな。

「あはは、冗談《じょうだん》だよ。わたし自身、中性的なファッションの方が好きなんだよね。メンズでも気に入ったら買っちゃうし。カッコいいって言ってくれて嬉しいな」

照れたように星宮は笑う。

その気恥《きは》ずかしそうな笑みは完全無欠に可愛かった。

俺と星宮の会話が終わったタイミングで、竜也が「そろそろ着くぞ」と呟いた。

「どこにあるのかしら？　私、初めてなのだけど」

周囲をきょろきょろと見回す七瀬。実は俺も初めてなんですよ。

などと俺が七瀬への仲間意識を抱《いだ》いていると、詩が近くの大きな建物を指差す。

「すぐそこだよ！　何なら見えてるし。あたしたち三人は中学の時に結構来たよね」

「ま、大島中からは近いからな。カラオケやるかスポーチャやるかボーリングやるかで謎《なぞ》に喧嘩《けんか》した記憶がある。あの日は珍《めずら》しく怜太が折れずボーリングにこだわってた」

「あの日はボーリングやりたい気分だったんだよ」

「レイってたまに妙に頑固《がんこ》になるからね。その時だけは逆らっちゃ駄目だよ」

同じ中学出身の三人の思い出話に、星宮が自然と口を挟《はさ》む。

「へぇー、わたしたちにもそういうところ見せてくれるのかな？」

「星宮さんは喧嘩になる前に譲《ゆず》ってくれるでしょ。この二人がおかしいんだよ」

「えー、じゃあ頑固になろ」と笑いかける星宮と怜太の距離はやたら近い。

……詩や七瀬が異性と話していても気にならないのに、星宮の時だけは妙に気になってしまうのは、やっぱり嫉妬《しっと》だろうか。自分の器の小ささが嫌になってきた。

「おーい、さっさと入ろうぜ」

話《はな》し込んでいて歩くペースが遅い俺たちのずっと前で、竜也が呼んでいる。

ひとりでさっさと進んでしまうマイペースさは、まさにパワー系陽キャって感じだ。

まあ俺もひとりでさっさと進むことには自信がある。何せ最初からひとりだからな。竜也との違いは、周りの人がついてきてくれるかどうかだけだ。ハハハ、それがデカすぎる。

「もう着いたのか」

「夏希はラウワン初めてかい？」

一瞬《いっしゅん》迷ったが、怜太の問いに素直に頷《うなず》く。

「うん。何回か行こうって話になったこともあるけど、中学生には高いし」

こういう時、無駄《むだ》に見栄を張るのはよくない気がする。別に高校一年生でラウワンに来たことがなくても普通だろう。嘘《うそ》だとバレた時のリスクの方が高いと判断した。

「あはは、そうだよね。僕《ぼく》らも三、四回ぐらいかな」

駅から目的地のラウワンまで歩いて三分といったところか。それにしても、この面子が勢揃《せいぞろ》いだと行き交う人たちの目線が本当に集まる。美男美女集団だからな。「よく見るとなんか平凡《へいぼん》な奴が交じってるな」とか思われてそう。これでも努力した方なんだぞ！

陰《いん》キャの涙ぐましい主張はともかく、陽キャ集団はラウワンの中に入っていく。

こういうデカい施設に入る時、何の躊躇《ためら》いもないのが凄《すご》いよね。恐《おそ》れがないというか、何なら竜也に至っては『俺がここの主役だ』みたいな顔している気がする。

「なぁ時間、どうするよ？　二時間とか？」

「えーっ？　短いよ。六時間ぐらい余裕《よゆう》だって！」

「い、いや、それはちょっとなー。そんなに動ける気がしないよ」

「というか終わった時には七時だから、門限のある陽花里が厳しいわね」

「どうせならみんなで夕ご飯も食べたいよね。まあ三時間ぐらいでいいかな？」

口々に言うみんなの意見を、さらりと怜太がまとめる。

特に反論が出なかったのを見てから、店員とやり取りを始めた。

俺にそのスキルをくれ……。怜太は完璧超人《かんぺきちょうじん》すぎて隙《すき》が見つからないな。

「──さ、入ろうか」

怜太と竜也が先導してくれるので、大人しくついていく。

「うおー、久しぶりだ！　何しよっかなー？　何する⁉　何する⁉」

詩は全身ではしゃいでいるが、初めて来た俺も密《ひそ》かに興奮していた。

内部は広い。あらゆるスポーツの施設が設置されていて、多くの人が遊んでいる。

へぇ、こんな感じなのか。

昔から入ってみたかったんだけど、友達がいないと空《むな》しいだけだからな……。

「とりあえず空いてるところに入ろうか。卓球《たっきゅう》とかどう？」

怜太が指差す先では卓球台が並んでいる施設があり、確かに二台空いていた。

「いいね、卓球！　やろうやろう！」

「あ、わたしも卓球だけはそこそこできるよ。他のスポーツは全滅《ぜんめつ》だけどね」

ふふんとドヤ顔で腕《うで》を組む星宮。竜也がニヤリと笑って、

「へぇ、じゃあ星宮。俺のスマッシュを見せてやるぜ」

「……うーん、竜也くんの相手は嫌かなぁ。すごく怖《こわ》いんだけど」

凄む竜也から星宮は大袈裟《おおげさ》に離《はな》れ、詩の後ろに隠《かく》れた。

「ヒカリンに手を出すなら、あたしを倒《たお》してからにしなさい！」

「……なんで俺、悪の親玉みたいになってんの？」

釈然《しゃくぜん》としない様子の竜也だが、そのままノリノリの詩と勝負を始める。

これはチャンスと思って、俺は星宮を誘《さそ》った。

「じゃあ星宮、隣の台で軽くやろうぜ」

「おっけー。お手柔《てやわ》らかにお願いするね？」

微笑《ほほえ》む星宮。その表情を見ただけで、今日ここに来た価値があると思った。

いったん怜太と七瀬が休憩《きゅうけい》する形で、交代制になった。

俺と星宮、竜也と詩で勝負して、先に終わった組が交代。

待っている間に三台目が空けばいいなって感じだ。

「陽花里、頑張ってね」

順番待ちの長椅子《ながいす》に座《すわ》る七瀬が、ラケットを構える星宮を応援《おうえん》する。

「じゃあ僕は夏希を応援しようかな。どうせならトーナメント制にしようか」

「いいね！　面白そうじゃん！」

と、隣で竜也とバンバン打ち合っている詩が叫《さけ》んだ。レベルの高い戦いだ。あれだけの勢いでラケットを振ってラリーが続いている時点で、素人《しろうと》とは思えない。

陽キャは運動神経が良いせいか、何をやっても上手《うま》いな。羨《うらや》ましい。俺なんて体育の時間は隅《すみ》っこでうろちょろしているだけだったぞ！　誰《だれ》も俺にパスくれないからな。

……それ、別に運動神経の問題じゃなくない？

自分で自分にツッコんで悲しくなってきた。

それはさておき、俺の運動神経は別に悪くはない。良くもないと自覚しているけど、卓球はどちらかと言えば得意な方だ。

「うわ、二人ともすご……」

隣を見ながら唖然《あぜん》としている星宮と目が合い、苦笑する。

「勝負とはいえ、俺たちはのんびりやろうか」

「そうだね」

ぱこん、とピンポン玉を打ち出す。

ゆったりとした勢いでバウンドしたそれを、星宮は打ち返す——かと思ったら、

「あれ⁉」

——すかっ、と星宮がラケットを空振《からぶ》りする。

んん？

なんか今、結構ラケットとボールの間が空いていたような？

「ご、ごめん！　久しぶりだからかなー？」

星宮は顔を赤くしてピンポン玉を追いかける。

……ま、まあ久しぶりだからな。最初は感覚を思い出せなくても仕方ないだろう。

それから三回の空振りの後、星宮はようやくまともに打ち返せるようになってきた。俺が星宮の打ちやすい真ん中へと、ゆっくりと同じペースで打ち返すことが前提で。

そこから少しでもズレると、空振るか、ピンポン玉があらぬ方向へと飛んでいく。

「……なるほど、うーむ、なるほどね？」

「あ、あはは……今日はちょっと調子悪いかな？　ちょっとね？」

何かを誤魔化《ごまか》すように笑いながら赤い頬《ほお》をラケットで扇《あお》いでいる星宮。近くの長椅子に

座っている七瀬が、くすくすと笑いながら俺に話しかけてきた。

「……現実を教えてあげてもいいのよ？」

「星宮……これでよく卓球だけはそこそこできるとか言えたな……」

「い、言わないでよーっ！　一応他のスポーツよりは得意なんです！　これでも！」

星宮が恥《は》ずかしそうに反論する。

そんな姿も可愛いが、それはそれとして下手すぎてびっくりしてしまった。

得意な卓球でこれなら、他のスポーツはどうなるんだ……？

「陽花里の唯一《ゆいいつ》の欠点は、見ての通り運動神経の致命的《ちめいてき》な悪さよ」

「あれ？　でもスポーチャを提案したのは星宮さんじゃなかったっけ？」

にこにこしながら俺たちを見ていた怜太が、ふと首を傾げる。

「苦手だけど運動は好きなの！　なんか文句ある⁉」

顔を真っ赤にしてわーわー腕を振り回す星宮は新鮮で可愛い。いや星宮は何をしても可愛いけどな？　それにしても今日は「星宮可愛い」しか考えてない気がしてきたなぁ。

それからも星宮との勝負……ではなく、世話を続ける俺。

実際、星宮は楽しそうだった。苦手だけど好きだというのは本当なのだろう。

もちろん勝負はどんなに手加減しても俺が勝ち、隣は接戦の末に竜也が勝ったらしい。

詩が地団駄《じだんだ》を踏《ふ》んで悔《くや》しがっていた。竜也はそんな詩を全力で煽《あお》っている。

怜太と七瀬の勝負は、お互い運動神経が良いのが見て取れた。

勝負を分けたのは経験の差だと思う。怜太はここで何度も竜也たちに付き合ったことがあるのに対して、七瀬は体育でやった程度みたいだからな。

もちろん俺もそうなので、二回戦で普通に怜太に負けた。

日頃《ひごろ》のトレーニングのおかげでフットワークは良かったが、技術で圧倒《あっとう》された。

「さあ怜太、そろそろ長年の決着をつけようぜ……！」

「竜也が僕に勝ったこと、あんまりなくない？」

「うるせえ！　大事なのは今この瞬間《しゅんかん》に勝つことなんだよ！」

竜也の深いような浅いようなセリフと共に、決勝戦が始まる。

「――マジかよ⁉　それ外れんのかぁーっ⁉」

シードになった竜也と怜太の頂上決戦は怜太の勝ち。なかなか盛り上がったな。

「ひゃー、凄かったね」

「あたしの方が本当は上だけどね、本当はね！」

「はいはい、詩もあいつらと同じぐらいやれるんだよな？　うんうん」

「もちろんだよ！」

まだ悔しがっている詩を宥《なだ》めつつ、激闘《げきとう》を回想する。

竜也のスマッシュは強烈《きょうれつ》だったが、怜太が受け流し切った形だ。スマッシュの精度がもう少し良ければ竜也の勝ちだったと思うが、これ以上は卓球部に求めるレベルだろう。

「疲《つか》れた……次、行くか」

「いや、休むわけじゃないのかよ」

大の字に転がる竜也にツッコんでみる。

「馬鹿野郎《ばかやろう》！　時間制限あるのに休んでる暇があるかよ⁉」

「め、めちゃくちゃやる気あるんだな……？」

いきなり咆《ほ》えられたので若干《じゃっかん》返答に怯《おび》えが混じってしまった。いや、竜也に悪意がないことは分かっている。本質的に陰キャなので強い言葉と声を怖がってしまう……というのもあるけど、一番は前回の記憶《きおく》を引きずっていることだ。そろそろ直したい。

「この悔しさはバッティングで晴らすしかねえ！　バッセン行くぞ！」

そう言って勝手にずかずかと進んでいく竜也。

「まあ卓球にも満足したし、竜也についていこうか。放っておいてもいいけど」

「ひどっ⁉　友達の扱《あつか》いとは思えないけど？」

「本当に仲の良い友達はね、放っておいてもいいんだよ」

「……なんか深いような、浅いような？」

「私は賛成派ね。もう気を遣《つか》うような間柄《あいだがら》じゃないってことだから」

怜太のその言葉が、やけに俺の耳に残る。

……気を遣わない間柄か。家族以外で、そんな関係は築けなかったな。

今だって怜太たちはまだ俺には気を遣っている。

たとえば毒舌《どくぜつ》が面白い怜太は、それをまだ竜也や詩にしか使っていない。もちろんまだ入学して一週間なんだから当然だと思うけど、いずれはそういう関係になりたいと思った。

もっと、この五人と仲良くなりたい。

――星宮とは、もっともっと仲良くなりたい。

その先にはきっと、俺の望んでいた虹色《にじいろ》の青春が待っていると思うから。

＊

――その後。バッティングやバドミントン、テニス、フットサル、ダーツやビリヤードなどを一通りこなし、俺たちは休憩スペースで休んでいた。

運動部の三人はまだまだ元気そうだが、星宮と七瀬はもう疲れている。俺は日頃のトレーニングのおかげで、まだ余裕だが。春休みの方がはるかにキツかった。

とはいえ時計を見れば、もう二時間が経過している。よくこんなに動き回ったな。

「誰かスポドリ買ってきてぇ……」

と机に突《つ》っ伏《ぷ》しながら星宮が言うので、俺が行くことにした。

「他は？　手に持てる限りは買ってくるよ」

「あ、じゃあ僕も一緒《いっしょ》に行くよ。はい、お金徴収《ちょうしゅう》ね」

スポドリやらお茶やら水やらの要求を記憶し、怜太と二人で自販機に向かう。

怜太と二人での行動も最近は普通になってきた。まあ同じグループの同性だからな。

「それにしても、夏希は凄いね」

隣を歩く怜太が、感嘆《かんたん》したように呟く。

「……何が？」

「運動部の僕らに、普通についてきてるでしょ」

「あー、まあ本気でやってるわけでもないし」

なんやかんや言いつつ遊びの範疇《はんちゅう》だ。そんなに疲れる要素はない。

……星宮は運動神経が悪すぎて余計な体力を使っていて、七瀬は単純に体力がないせいであんなに疲れているのだろう。ぶっちゃけ俺は後五時間でも余裕だった。

というか結構楽しい。

体を鍛《きた》えたおかげでフットワークが軽く、思い通りに体が動く。元々の運動神経まで良くなるわけじゃないけど、みんなと対等にやれていた。

「でもバドミントンはみんなガチだったし、夏希の勝ちだったでしょ？」

「あれは詩と一緒だったからな。あいつのおかげだよ」

バドミントンでは卓球の時とは趣向《しゅこう》を変えて、ペアを組んで総当たり戦をした。

俺と詩、七瀬と竜也、怜太と星宮で組み、俺と詩が二勝したのだ。

「というか怜太が、星宮に足引っ張られてたからな……」

「そんなことはない……と、言いたいけど」

苦笑する怜太。この男が言葉を濁《にご》すなんて珍しい。

「逆に、星宮入りであれだけ粘《ねば》ったのが凄いよ。負けるかと思ったし」

怜太は本当に何でも器用にこなす。

竜也と俺はフィジカルごり押《お》しみたいな感じだが、怜太はセンスが良いのだろう。最適な動き方を探して、徐々《じょじょ》に適応していくような感じがする。

「竜也たちはともかく、君たちには勝てると思ったんだけどね。詩の実力は把握《はあく》してたけど君を舐《な》めてたよ。その身長のくせにフットワークが軽すぎるって」

怜太はそう言いながら俺の腹を小突《こづ》く。

こんなスポーツの天才みたいな奴に身体能力を褒められるとは努力した甲斐がある。

腹がたるんでいた頃《ころ》の俺だったら、きっと無様を晒《さら》していたことだろう。

星宮は女子だから運動神経が悪くても可愛《かわい》いけど、俺みたいな若干スカしている（ように見えていると思うが、単にコミュ障で口数が少ないだけの）奴がそんな姿を見せたら、カッコ悪いどころの話じゃない。事あるごとに弄《いじ》られかねない。

そうなれば、このグループ内での立場がさらに低くなる。ただでさえ低いのだから、下手したらこのグループから追放されかねない。

「……ん？　どうかしたかい？　夏希」

「ああいや、何でもないよ」

……もちろん怜太たちがその程度で人をグループから追い出すような奴らじゃないことは分かっているつもりだけど、俺はすでに一度嫌《きら》われて追い出された経験がある。

あれは俺のせいだから仕方ないけど、そのトラウマがまだ残っていた。

「――ねぇ、夏希」

自販機の前に辿《たど》り着き、頼《たの》まれた飲み物を買っている最中。やけに真剣《しんけん》な怜太の声音《こわね》が俺の耳に届いた。横に視線をやると、怜太の視線は真っ直ぐに俺を捉《とら》えている。

「ん？　何だ？」

意図して軽い調子で尋ねる。何となく重い話の気配がしたからだ。

でも、何の話なのか予想がつかない。

俺はまだ何もミスはしていない……と思う。ここまで慎重《しんちょう》に行動してきた。

だから怜太のその問いは、俺にとって完全に予想外のものだった。

「――君さ、竜也のこと苦手だろ？」

とっさに、答えられなかった。

その空白が怜太の問いを肯定《こうてい》していた。

「やっぱりか」

微苦笑《びくしょう》して、怜太は言う。

最初から分かっていて、あくまで確認《かくにん》のような感じだった。

「……どうして、そう思う？」

「大したことじゃないけど、何となく君が竜也を避《さ》けがちな気がしてね。たとえば僕とは二人きりに結構なるけど、竜也と二人で行動すること、そんなにないでしょ？」

「……まあ言われてみれば、そうかもしれないな。よく見てるよ」

「はは、昔から周りのことはよく見えるんだ。……見えすぎるぐらいにね。最初はまだ慣れてないだけだと思ってたから放っておいたけど、今日はなんか違《ちが》うなと思って」

「なんか、違う？　お前の目にはどう見えるんだ？」

「竜也を怖がっているように見える。気のせいだったらいいんだけど」

完全に図星だった。だから何と答えるべきか迷う。

ここまで確信して質問している以上、今更誤魔化《いまさらごまか》せないだろう。

本当に白鳥《しらとり》怜太は、他者のことがよく見えている。自信を持つだけのことはあった。

「……確かに、お前の言う通りだよ」

だから俺は、怜太の問いを肯定する。本音を話した。

「でも、違うんだ。それは俺の問題であって、竜也のせいじゃない。竜也は何も悪くない。だから竜也には何も言わないでほしい。多分、そのうち直る……と思うから」

それはただの事実だった。俺の心に残るトラウマのせいだ。青春をやりなおしていると言うわけにもいかないので、肝心《かんじん》な部分は誤魔化すしかないのは許してほしい。

「分かった。じゃあ、そうするよ」

スポドリのキャップを開けながら怜太は頷く。

「いいのか？」

「元から僕に何かをする権利はないよ。これは君たちの問題……いや、鈍感《どんかん》な竜也が気づいてない以上は問題にすらなってないわけだし、ただの僕の興味本位さ」

ごくごくとスポドリを飲《の》んでから、淡々《たんたん》と怜太は言う。

「ただ――僕たち、友達だろ？」

にっと笑って、怜太はスポドリで胸を小突いてくる。

陽キャの頂点みたいなこの男はボディタッチも多ければ、普通は恥ずかしくなるような
セリフも平然と吐《は》ける。しかも、それがサマになってしまう。

きっと堂々としているからだろう。

「何か悩《なや》んでいるのかと思って、聞いただけさ。その『何か』については聞かないけど、
君が自分で解決するって言うなら、僕はそれを信じるよ」

その言葉は俺の胸に深く刺《さ》さった。

俺が根本的な部分を話せないと、察してくれたのだ。

怜太が女子にモテる理由が分かる。この男は、今の俺には眩《まぶ》しすぎた。

＊

俺たちが飲み物を買って戻《もど》ると、みんなは大喜びで迎《むか》えてくれた。

怜太は何事もなかったかのように会話を回している。だったら俺も怜太の信頼《しんらい》に応えられるように頑張ろう。前回のトラウマを克服《こくふく》して、竜也と仲良くなるのだ！

「ぷは、生き返るー」

「久々に体を動かすと疲れるわね……」

「あはは、ユイユイは明日筋肉痛で唸《うな》ってそう」

いつの間にか七瀬にも詩から変なあだ名がつけられている。

「せめてユイにして……」

七瀬はいまだにぐったりしながら辛《かろ》うじて反論していた。

学校ではいつもすまし顔で姿勢もキリッとしているので、なんか新鮮だ。

「今日は七瀬の意外な姿が見られるな」

と俺が言うと、星宮がニコニコしながら応じてくれる。

「唯乃ちゃんは学校だとカッコつけてるからね。みんなに心を許してきた証拠《しょうこ》だよ」

「へぇ、だとしたらちょっと嬉《うれ》しいな？」

からかうように言ってみる。すると七瀬は照れたように目を逸《そ》らした。

「そもそも、カッコつけてるわけじゃないのだけど……」

いや可愛すぎるだろ。

おっと、星宮一筋の俺が思わず揺《ゆ》れかけてしまったぜ……。

七瀬はいわゆる陽キャとは別のオーラ持ち（美人系？）というか、あまりはしゃぐタイプではないから密かに仲間意識を抱いていたんだが、破壊力《はかいりょく》がデカい。

「さて、そろそろ動こうぜ」

みんなが喉《のど》を潤《うるお》して一息ついたタイミングで、竜也がガタッと立ち上がる。

「ええーっ、もうちょっと休もうよ」

「ていうか、もうここを出てもいいのだけど……」

反論する星宮と七瀬。怜太は時計を見ながら、

「まあこれ以上休んでたら時間終わっちゃうからね。星宮さんたちは休んでてもいいよ」

そんな三人の会話を意にも介《かい》さず、竜也はビシッと遠くを指差す。

「なぜ今かと言うと――バスケコートがようやく空いたからだ！」

「おおっ！　ようやくだねっ！」

詩が目を輝《かがや》かせながら立ち上がる。二人はそのまま走っていってしまった。

スポーツアトラクションはだいたい制覇《せいは》した俺たちだが、バスケだけはたまたまタイミングが合わず、いつも他のグループがコートを使っていたからできていなかった。

どうやら竜也は休憩しながらコートが空くまで待っていたらしい。

「あの二人、昨日も部活でバスケしたはずじゃ……？」

俺が首をひねると、星宮が苦笑する。

「相当バスケ好きなんだねー」

「部活でやるのと遊びでやるのは違うからね。気持ちは分かるよ」

と同意しつつ、怜太は立ち上がる。

「じゃあ私たちは近くで見学しているわね……」

「それがいい。なんかもう七瀬、今にも死にそうだもんな」

「ちょっとはしゃぎすぎたわ……」

「友達と遊べて嬉しくなっちゃったんだよねー？」

「陽花里、うるさいわ」

じゃれつく七瀬と星宮に苦笑しつつ、俺たちも竜也たちの後についていった。

すでに二人は好き勝手にシュート練習を始めている。

「ほら、夏希」

怜太からパスを受け取り、その手触《てざわ》りに懐《なつ》かしさを覚える。

何だかんだでバスケは好きだった。だから高校三年間も続けていた。大学に入ってからもひとりでシュート練習は欠かさなかった。まあ暇《ひま》だったからだけど。

ダム、とドリブルをつく。

やりなおしてから今日まで一度もバスケットボールを触らなかったけど、数か月のブランク程度でドリブルの感覚は失うものじゃない。きっちりと手に吸い付いてきた。

ただ、シュートの感覚は別だ。

ドリブルと違って繊細《せんさい》な感覚が必要なそれは二、三日やらないだけで簡単に狂《くる》う。七年間もシュートを打ち続けてきたとはいえ、もう簡単に決める自信はなかった。

——自信はない。自信はない、が。バスケットプレイヤーには特有の感覚がある。

スリーポイントラインに近づいてからゴールを見据《みす》えた瞬間、俺《おれ》は悟《さと》った。

ああ、今日は調子が良いなと。

「えっ、すご⁉」

星宮の驚《おどろ》きの声が耳に届く。

俺がスリーポイントラインのさらに手前から打ったシュートは、リングに触《ふ》れることすらなくネットを揺らしていた。意外でも何でもない。本当に調子が良い時は、指先から離れた瞬間に入ることが分かっている。

そしてボールはバウンドしながら、俺のもとへと戻ってきた。

「ボールが、軽い……いや、体が軽いのか」

これも体をみっちりと鍛えた恩恵《おんけい》か、ボールがやけに軽い。だから軽々と扱える。

スリーポイントシュートはこの重いバスケットボールをゴールまで届かせることがそもそも難しく、膝《ひざ》を曲げて体中の力をボールに乗せる必要がある。

だが、今日は軽くジャンプして腕を振《ふ》るっただけで、ゴールまで届いた。

強靭《きょうじん》なフィジカルの力ってやっぱりすげえな。

戻ってきたボールを、もう一度打つ。

ゆったりとしたモーションから、自然とボールが指先を離れていく。

——入る、という確信。

その直後、もう一度ボールがネットを揺らした。

「ふむ」

こんなに違うなら現役《げんえき》時代もちゃんと筋トレしておけばよかった。

強豪《きょうごう》がフィジカルばかり鍛えようとする理由が分かる。

強靭なフィジカルがテクニックの土台となる。その言葉を今、体感している。

「おおおおっ!?　ナツ、めっちゃすごいじゃん！」

などと思考の海に潜《もぐ》っていた俺だが、気づけばみんなが騒《さわ》いでいた。

詩がきらきらした目で俺の近くに寄ってきていて、みんなも驚いている。

「……す、凄いね、夏希。バスケ得意なのか？」

あの怜太ですら唖然としていた。冷静に考えれば、そりゃ驚くよな。バスケ経験のないはずの帰宅部がスリーポイントを二連続で決めたら。

「まあ、それなりに。そういえば言ったことなかったっけ」

「言ったことないよ！　すごいすごい！　何でバスケ部入らないの⁉」

俺を勢いよく褒《ほ》め称《たた》える詩は、とても距離《きより》が近い。何だか甘《あま》い香りがするし、心臓がどきどきする。子供っぽい詩もちゃんと女の子なんだなと認識《にんしき》させられた。

「あー、まあ部活でやったことはないし……」

「なのにこんなに上手いの⁉　天才じゃん！」

そのへんの設定をちゃんと詰《つ》めておくべきだったか。

やりなおし前のことは話せないが、実際素人の実力ではない。

かと言って中学時代にバスケ部だったとかいう嘘も美織からバレる。

そもそも竜也は何度かうちの中学と対戦したことあるだろうし、俺が当時水見中バスケ部にはいなかったことぐらい知っているだろう。

「……近くの公園にバスケットゴールがあるから、結構遊んでたんだよ」

これは嘘じゃない。実際あるし、やりなおし前はそこで練習することも多かった。みんなに嘘はつきたくないので、言葉を選んで話すしか手がなかった。

「これは今からでもバスケ部に叩《たた》き込《こ》むしかないよ！　ねえタツ！　……タツ？」

はしゃいでいた詩が小首を傾《かし》げる。

その視線の先に俺も目をやると、竜也が目を細めて俺を見ていた。

「……た、竜也、どうした？」

俺が尋ねると、はっとしたように竜也は笑《え》みを取り繕《つくろ》う。

「——ああいや、驚きすぎて固まっちまったよ。凄すぎんだろマジで」

な、なんだ。単に驚いていただけか。いったい何かと思った。ビビったよ。

「確かに、久々にやると面白《おもしろ》いな」

俺はドリブルをついてゴールに近づき、レイアップを放つ。

脚力《きゃくりょく》が強化されているのでジャンプが想定より高く、決めやすかった。

うーん、気分が良い。

「でしょ!?　じゃあバスケ部に入ろう！　今すぐに！」

「う、うーん……バスケ部かぁ。でも俺、中学未経験者だよ？」

「ナツなら大丈夫《だいじょうぶ》だって！　それにまだ一週間だから、すぐ馴染《なじ》めるよ！」

グイグイ距離を詰めてくる詩から後ずさりながら、俺は考える。

どう断ろうか。バスケ部はなぁ、前回は針の筵《むしろ》だったし。今ならもう少し上手く立ち回れるとは思うけど、そもそもずっと補欠で試合に出られなかったからな……。

「あー、俺バイト始めようと思ってるからさ、厳しいかな」

「えーっ、そうなんだ？　もったいないと思うけどなー。ねぇタツ？」

詩の問いに、竜也は指先でボールをくるくると回転させながら、

「まあもうちょっとプレイを見ねえと分かんねえな。もちろん素人にしちゃすげえと思うけど、うちのバスケ部で通用するかどうか——そうだな、確かめてみようぜ」

竜也は自分のボールを詩に放り、くいくいと指で俺を挑発《ちょうはつ》した。

「——一対一。三本先取だ」

竜也は不敵に笑う。その自信に満ちた笑みは、竜也にとても似合っていた。それはバスケの実力に裏打ちされたもので、実際に竜也は涼鳴《りょうめい》バスケ部のエースだった。

だが、それは三年生の頃の話。

一年生——それも入学直後の竜也になら、今の俺は勝てるかもしれない。

俺は、補欠とはいえ三年間バスケを続け、大学に入ってからも四年間シュート練習は欠かさずにやってきた。中学から始めた竜也を、もはや経験では上回っている。

「面白そうだな。やろうぜ」

軽口で答えつつ、本能的に心が怯えた。竜也に真正面から相対することに。

だが、さっきも怜太の信頼に応えると決めたばかりだろう？　いい加減に前回のトラウマを乗り越《こ》えるんだ。このままじゃ何も悪くない竜也にも失礼なんだから。

——そのためにも、全力で戦う。今ここで竜也に勝つんだ。

ダム、とドリブルをつく。ゆったりと、自然体に。いつでも仕掛《しか》けられるように。

「いけーっ、ナツー！　タツを倒しちゃえ！」

「夏希くん、頑張《がんば》れーっ！」

詩や星宮の応援が耳に届いた。みんな俺たちの勝負を見ている。

「おいおい、俺の応援がいねえじゃねえか」

「ま、そこはバスケ部のハンデってことで一つ」

苦言を呈《てい》する竜也に、俺は苦笑《くしよう》する。竜也は「仕方ねえな」と頭をかく。

ちらりと横を一瞥《いちべつ》すると、コート外の長椅子に座っている星宮と目が合った。彼女《かのじよ》は微《び》笑《しよう》しながら胸元《むなもと》で拳《こぶし》を握る。その仕草は、俺を応援していると見ていいだろう。

——だったら、ここで良いところを見せたいな。

「行くぞ」

「来い」

誰かと戦うのは四年ぶりだった。でも本能は感覚を覚えていた。そして体は、当時よりもはるかに強化されていた。だから思い通りに、否——それ以上に速く動く。

クロスオーバー。静から動への転換《てんかん》は自分のことながら一瞬だった。竜也の右側に踏み込んだ俺はそのまま鋭《するど》く抜《ぬ》き去り、レイアップを決める。

「おいおいおい……マジかよお前」

フットワークで優《まさ》っているのなら無駄なテクニックはいらない。ドライブこそフォワードの華《はな》であり、最大の武器だ。——俺はかつて竜也からそう教わった。

おそらく竜也はスリーポイントを警戒《けいかい》していた。つい先ほど二連続で決めたのだからそれも当然だけど、そのせいでディフェンスの距離が近かった。だから簡単に抜けた。

「次だ」

交代して、竜也のオフェンス。

ボールを受け取った瞬間、右フェイクから左ドライブ。だが、それは読めていた。竜也の得意パターンだからな。三年間一緒に練習していたのだから癖《くせ》は分かっている。だから俺は右フェイクの瞬間に左に来ると読んで、左手を突き出していた。ちょうどその位置にボールが来て、それを弾《はじ》く。竜也の手から離れたボールは俺が確保した。

「なっ……」

竜也は驚いている。得意技《とくい》を使う前に防がれたのだから当然だろう。

「まぐれか？」

「まあ半分ぐらいは勘《かん》だよ」

次は俺のオフェンス。右フェイクからレッグスルーで左に踏み込み、しかし竜也も自慢《じまん》のフィジカルで追いついてくる。だが、今はフィジカルなら俺も負けてない。このままパワードリブルで押し込んでもいいが、あえてロールターンで右に回ってフックシュートをしてみた。右フックの精度は微妙《びみょう》なところなんだが、今回は何とか決まった。

ちなみに左フックの精度はもっと微妙だし、フェイダウェイは苦手すぎて選択肢《せんたくし》にすら入らない。フィジカルが拮抗《きっこう》したとはいえ、パワードリブルの経験は少ない。つまり結構ギリギリの一本なんだが、竜也は俺の得意不得意を知らないので、考慮《こうりょ》すべき選択肢が多いのだろう。だから一歩反応が遅《おく》れる。そして竜也を知る俺はその逆だ。

「二本目だ」

軽く笑いかけて竜也に言う。

……やっぱり思った通りだな。三年の頃の竜也なら手も足も出ないと思うが、今の竜也は粗《あら》が多い。センスのない俺でも、経験と癖読みで何とかなる。まあ単純に竜也はディフェンスが苦手だからって要因も大きいとは思うけど。その分、オフェンスは——

「舐めてる場合じゃねえな——本気で行くぜ」

——速い。というか鋭い。反応すらできずに抜かれた。癖を知っている俺は、右から来ると分かっていても、まったく体が動かなかった。限界まで腰《こし》を低く落としたドライブは竜也の持ち味とはいえ……あの巨体《きょたい》をよくもまあ自由自在に動かせるものだ。

俺が竜也の癖を読んでいると無意識に察知して、分かっていても反応できないように対策したのか？　だとすれば流石《さすが》はエース。俺とはセンスそのものが違う。

でも、この勝負は譲《ゆず》らない。

星宮に良いところを見せたいし——一度ぐらい、お前に勝ってみたいんだ。

俺はバスケ部ではずっと同じフォワードだった竜也の補欠で、公式戦には一度も出たことはない。普段《ふだん》の生活では俺がみんなに嫌《きら》われるまで竜也は友達でいてくれたし、あれだけ調子に乗っていた俺を最後まで庇《かば》ってくれていた。孤立《こりつ》してからだって、いじめられなかったのは、最後までバスケ部にいられたのは、竜也のおかげなんだ。

エースで主将のこいつが、俺の陰口《かげぐち》を許さなかった。自分自身も俺を嫌っていて、用がなければ話しかけなかったのに、一度たりとも追い出すような真似《まね》はしなかった。

俺の青春は灰色だった。でも灰色程度で済んだのは竜也のおかげだ。どす黒い闇《やみ》に包まれていてもおかしくなかった。だから俺は竜也に感謝している。

その感謝はやりなおした今では伝えられないけど、恩はきちんと返したい。

「――三本目だ。行くぞ、竜也」

きっと俺が竜也に怯えている理由は、こいつが俺の高校デビュー失敗を突き付けてきた張本人だからというだけではなく、こいつが俺にとって眩しすぎるからだと思う。

「よっしゃ、来いよ。絶対止めてやるぜ！」

いつだって竜也は俺を上回る。俺よりも先にいる。俺は何もかも劣《おと》っている。竜也とは正反対――つまらなくて、何もできず、空気も読めない嫌われ者《もの》だ。

だから眩しすぎて、まともに相対できない。対等じゃないと思っている。嫌われてしまうかもしれないと恐《おそ》れている。それは多分、竜也だけじゃない。俺はここにいるみんなに対して、同じことを思っている。怜太も詩も星宮も七瀬も、俺とは比べ物にならないぐらい優《やさ》しくて面白くてカッコよくて可愛くて、俺にとっては眩しすぎる。だから俺はいつも大好きなみんなを怖《こわ》がっていて、それが最も顕著《けんちょ》に出てしまうのが竜也なんだ。

だって、俺があんなにも強く青春をやりなおしたいと願っていた理由は、分不相応だと、似合わないと分かっていながら、陽キャを目指して努力した理由は、

――今度こそ、お前と友達になりたかったからだ。

俺が掴《つか》みたかった虹色の青春には、必ずお前がいると信じていたからだ。

そのために今ここで竜也に勝って、過去のトラウマを乗り越える。

——仕掛ける。レッグスルーから右ドライブ。回り込まれたのを悟ってターンして惑《まど》わすようなロッカーモーション。さて、次はどう攻《せ》めようか——と、自分で考えた時にはもう、俺の体は宙を舞《ま》っていた。本当に決まると悟った時は、考える前に打っている。

流れるようなシュートモーションで放たれたスリーポイントシュートは、ノータッチでゴールネットを揺らした。竜也の警戒をドライブに逸らした瞬間だった。

「——よっしゃぁ！」

これで俺の勝ちだ。三本先取である以上、後攻《こうこう》の竜也のオフェンスはもうやっても意味がない。決めたところでどのみち二本にしかならないからだ。

「くっそぉ！　マジかよ……」

俺と竜也はコートにぶっ倒《たお》れる。

体力には余裕《よゆう》があったはずなのに、気づけば荒《あら》く息を吐いていた。やっぱり、真剣勝負は疲れるな。思い出したように汗《あせ》がぶわっと噴《ふ》き出してくる。

「すごいすごい！　ナツ、すごいよ！」

詩がテンションマックスで走ってきて、俺の両手を掴んで立ち上がらせようとしてくるので、俺は素直《すなお》に立ち上がる。すると詩はそのまま恋人繋《こいびとつな》ぎのような形に変えて、ぶんぶんと手を振り回し始めた。ちょうど二人で輪っかを作るような感じだ。

「やったやった！　いえーい！　勝利！　大勝利！」

「お、おー、ありがとう」

詩は純粋《じゅんすい》に喜んでいるようだが、俺は心臓がどぎまぎしてそれどころじゃない。陽キャの皆《みな》さんはいつも距離が近すぎて心臓に悪いんだが。

両手を繋いでいる詩がはしゃぐのに合わせて、俺もくるくると回ることに。しかし、途《と》中《ちゅう》で詩は竜也によって引き剥《は》がされた。

竜也は詩の両肩《りょうかた》を掴みながら、

「お前には俺の敗北を悲しむ感情はねえのか？」

「素人《しろうと》に負けるタツ、ダサすぎ――なんて、まったく思ってないよ！」

「ああん⁉　じゃあお前が戦ってみろよ！」

「ええーっ、でもあたし女子だからね、か弱い女の子だから、体格差がねー？」

「都合が良い時だけ女面しやがってよ……」

竜也は舌打ちして、詩を放り捨てる。それから真剣な目で俺を捉えた。竜也のそういう眼差《まなざ》しを、怯えずに受け止める。きちんと受け止めることができた。

この一対一は、俺と竜也は対等な友達だと認識するための儀式《ぎしき》だったから。

……もちろん竜也を上回れるところなんて結局ほとんどないし、このバスケだって竜也のセンスならすぐに追い抜かれるだろうけど、眩しすぎるこの凪浦《なぎうら》竜也という男に少しでも追い付くことができたという俺の認識の問題だから、これでいいんだ。

「で、夏希。お前なら十分にやれると思うが……バスケ部には入らねえのか?」

「——ああ、悪いな」

もうバスケ部に未練はなかった。

過去のトラウマを乗り越えたからだろうか。

俺は虹色の世界を目指して、新しい青春を歩むんだ。同じ軌跡《きせき》は辿らない。俺の決意が固いことを悟ったのか、竜也はそれ以上何も言わなかった。

「ねえみんなー、そろそろ時間ヤバいかも!」

星宮の呼びかけで時計を見ると、すでに四時を回っていた。

ラウワンに入ったのが一時過ぎの三時間パックなので、そろそろ終了《しゅうりょう》時間だ。

怜太は軽く手を叩いて視線を集めてから、言う。

「んじゃ二人は疲れてるところ悪いけど、急いで店から出ようか」

＊

外に出ると、程《ほど》よく冷たい風が心地《ここち》よい。今日は若干冷えた気候で、それが火照《ほて》った体にはちょうどよかった。俺はスポドリを飲み干しながら、そんなことを思う。

「いやー、動いたねー！」

「陽花里は随分《ずいぶん》元気そうね……」

「逆になんで唯乃ちゃんはまだぐったりしてるの⁉　わたしたち最後の方はずっと休んでたよね？」

「ふ……私の体力が、あの程度の休みで回復するとでも？」

「大丈夫か七瀬。なんかキャラおかしいぞ？」

俺が純粋に心配すると、七瀬は「……冗談《じょうだん》よ」と顔を赤くする。危《あや》うく自分のキャラを見失ったのかと思ったぜ。俺はよくそうなる。元が地味で大人しい陰《いん》キャだからな。

「あなたは帰宅部のくせに体力ありすぎよ。仲間だと思っていたのに」

じとっとした七瀬の視線に、俺は苦笑いで答える。

「さて、あんまり店前でたむろってるのもよくないし、移動しよう」

「移動するっつっても、どこへ？」

怜太の指示に、竜也が首をひねる。

「みんな夕食どこかで一緒に食べるよね？　どっかお店に入っちゃおうよ。まだ四時だからちょっと早いけど、その分のんびり話せるでしょ？」

「いいけど、俺あんまり金ねえんだよなー」

「あ、あたしドリンクバーあるところがいいな！」

竜也と詩の意見を考慮しつつ、俺は道路の向かい側を指差してみる。

「ファミレスでいいんじゃない？　安いし、すぐそこにあるし」

俺が指差した先には安さに定評のあるサイゼがあった。サイゼは大学時代には愛用したものだ。安いし美味《うま》いしひとりでいても違和感《いわかん》ないし、何でもあるからな。

「いいね、そうしよう」

怜太が頷《うなず》いたので、みんなでサイゼに向かう流れに。

つくづくこのグループの決定権って怜太にあるよなと思う。

特別強い言葉を使っているわけでも、声が大きいわけでもないのに。

口を挟《はさ》むタイミングがいいのか？

もちろん人望があるのは前提で、怜太は人のことをよく見ている。強引《ごういん》な提案を通そうとするわけでもなく、みんなの意見をまとめているから自然とそうなるのか。

などと考えていたらサイゼに辿り着いた。

まだ時間が早いせいか、結構空いている。

席に案内された俺たちは、それぞれ夕食とドリンクバーを注文した。

動きまくったせいかめちゃくちゃ腹が減っていたので、俺はミラノ風ドリアとペペロンチーノの二品を頼んだ。食《た》べ盛《ざか》りの高校生なので、この程度はぺろりといける。

しかも二品頼んでもたったの六百円！　流石サイゼだ。まあドリンクバーもつけているので、実際はもっと高いけど。それでも高校生にはありがたいお値段である。

みんながドリンクを入れて戻ってきたタイミングで、

「じゃあ入学を祝して乾杯《かんぱい》しよう！」

詩がコップを掲《かか》げるので、俺たちは仕方なくそれに合わせる。周りの視線が若干恥《じゃっかんは》ずかしいけど、まあ高校生がドリンクバーで乾杯していても微笑《ほほえ》ましいだけだろう。

怜太も苦笑しながら、

「この会、そんな趣旨《しゅし》だったたっけ？」

「今決めたの！　入学祝い！　それと、ここにいるみんなと仲良くなった証！」

「……よく照れずにそんなこと言えるよね、詩ちゃん」

「駄目《だめ》だった？」

星宮の微苦笑に小首を傾げる詩。星宮は詩の頭をよしよしと撫《な》でた。

「ううん、いいけどね。詩ちゃんは可愛いなぁ」

「そんな陽花里も可愛いわよ」

「……って、ちょっと唯乃ちゃん⁉」

詩の頭を撫でる星宮の頭を撫でる七瀬。ふむ……これが、百合《ゆり》？

何かに目覚めそうな感覚があったが、何かに目覚めてしまったら俺が星宮と付き合えなくなる気がしてきたので慌《あわ》てて現実に戻ってきた。な、何だったんだ今のは……？

「ぷはーっ！　美味《おい》しいねっ！　やっぱ炭酸だぜ！」

メロンソーダを飲み干しながら詩が機嫌《きげん》良さそうに言う。

その後、思い出したように俺に目をやる。

「それで、ナツは結局バスケ部には入らないの？」

「うん。ごめんね」

「そっかー。残念だけど、仕方ないね！」

「てか、何で女バスのお前がそこまで推《お》すんだ？　お前には関係ないだろ」

落ち込む詩に、竜也が首をひねる。

「あ！　タツひどい！　同じバスケ仲間なのに！」

むむ、と不満そうに竜也を睨《にら》む詩。

何だか俺のせいで空気が悪くなりそうなので、話題を変えてみるか。

「部活には入らないけど、バイトしようと思っててさ。お金ないし。でも、どこにしようか迷ってるんだよね。なんかお勧《すす》めとかない？」

今の自分の悩み……悩みってほどじゃないけど、考え事の一つを口に出す。

こうやって周りにアドバイスを求めるのも何だか新鮮《しんせん》な体験だ。今までの俺はすべてひとりで考えてひとりで決めてきたからな。相談する人なんていなかったので……。

「あー、バイトなぁ。やったことねえから分かんねえや」

竜也がコーラを飲みながら呟《つぶや》いたので、俺は「だよな」と同意する。

「一般的《いっぱんてき》な候補としては、ここみたいなファミレスとか？」

「他にパッと思いつくのはコンビニ、カラオケ、ミスドとかマックみたいなファストフード店、喫茶店《きっさてん》、居酒屋、吉牛《よしぎゅう》とかの牛丼《ぎゅうどん》チェーン店ぐらいかなぁ」

「あー、やっぱそのへんだよな」

怜太と星宮が候補を挙げてくれたが、いずれも俺の思考の範囲内《はんいない》だ。まあみんなが考え付くようなことは俺がすでに考えているか。みんなは大学時代を経験済みの俺と違ってバイトしたことないわけだし。バイトについては自分で考えてみよう――

「私のバイト先、来る？」

――と思った瞬間《しゅんかん》、七瀬がアイスコーヒーの氷をからからと混ぜながら言った。

その言葉でいったん場の空気が凍《こお》り、やがて星宮が額を押《お》さえながら挙手する。

「……ん、んん？　わたしの聞き間違《まちが》い？　唯乃ちゃん、バイトしてるの？」

「してるわよ。この近くの喫茶店で」

「聞いてないよ⁉」

「でしょうね。言ってないもの」

さらりと言う七瀬は、愕然《がくぜん》とする星宮の頭を撫でる。

「春休みから始めていたのだけど……説明するのが面倒《めんどう》で黙《だま》ってたのよ」

「そんな理由⁉」

「だって陽花里、教えたら毎日押しかけてきそうじゃない？」

「毎日は行かないよ！　お金足りないし」

「……お金が足りる限りは行きそうな答え方だね？」

怜太が苦笑すると、星宮は都合の悪いことを聞かれたように押し黙る。

「私は習い事もあるから週に二回程度だけどね。人が足りなくて店長が困っているから、もし灰原《はいばら》君が暇なら面接受けてみないかと思って言ってみたのよ」

「お、おお……なるほどな。近くの喫茶店だっけ？」

「ええ、喫茶マレスってところよ。最近スイーツが結構人気なの」

「あ、そこあたし行ったことある！　へー、ユイユイそこで働いてるんだ！」

スマホを開いて調べてみると、なかなか雰囲気《ふんいき》の良い喫茶店だった。大学時代はひとりで喫茶店に入って読書しがちだった俺は、もともと喫茶店が好きだ。それにグループのひとりである七瀬とバイトを通じてもっと仲良くなれそうだし、いいかもしれない。

「へー、めっちゃ良さそう」

「でしょう？　時給とか待遇面《たいぐうめん》も悪くないと思うわ」

ふふんと微笑する七瀬は自慢げだ。ちょっと嬉しそうなのが可愛《かわい》い。

「今度行ってみるよ。それから紹介《しょうかい》してもらうか決めようかな」

興味はあるが、一度も客として入ったことがない店の面接を受けるのも抵抗《ていこう》がある。だから俺はそんな風に言った。もともと今すぐにって話じゃないからな。

それはそれとして、七瀬に隠し事《かくごと》をされていた星宮が放心している。

「ちょっと、陽花里？　いつまで落ち込んでるのよ」

「……わたしには押しかけられると嫌《いや》だからって理由で隠してたのに、バイト探してる夏希くんにはあっさり教えたのが釈然《しゃくぜん》としないんだもん」

そう言われると、確かにその通りだ。

――ハッ⁉　ま、まさか俺のことが気になっているから……っ⁉

「そのうち言うつもりだったわよ。流石に。単にタイミングがちょうどよかっただけ」

すまし顔で、自分の綺麗《きれい》な黒髪《くろかみ》を指先でくるくると回す七瀬。その顔にはもちろん照れとかは微塵《みじん》もなく……いや、そうですよね。調子に乗りました。ごめんなさい。

「――お待たせいたしました」

そこでちょうど待ちわびた夕食が俺たちのもとに届く。

それから学校の授業についてなどの雑談をしながら食事を終え、一休みしてから、星宮が申し訳なさそうに「そろそろ帰らなくちゃ」と言った。

パンと両手を合わせて星宮は謝《あやま》る。

「ごめんね、みんな。わたしの家、ちょっと門限にはうるさくてさ……」

「気づいたら七時過ぎてるもんな。びっくりした」

三時間も雑談していたのか。楽しかったから一瞬《いっしゅん》だったように思う。夕食を外で食べると親に伝えたとはいえ、八時ぐらいには帰らないと心配されそうだ。

「それじゃ、帰ろうか。僕《ぼく》も明日はまた部活だし」

みんなを促《うなが》すような怜太の言葉で、楽しい休日は終わりを告げた。

――またみんなで遊びたいな、と素直に思った。

＊

その日の帰り道。

ちょうど電車を降りて駅の構内を歩いていたタイミングで、スマホから着信音が鳴り響《ひび》いた。表示された番号は登録されていなかったが、見覚えはある。

「……何か用か？」

『あらら、随分と暗いテンションだね夏希。もしかして失敗しちゃった？』

その声音《こわね》は、つい昨日話したばかりの相手。本宮《もとみや》美織だ。自分がプロデュースした服の評価でも気になったのか。というより、単に面白がっているような気もする。

まあ近くに高校デビュー挑戦《ちょうせん》中の奴《やつ》がいたら、さぞ面白かろうと俺も思うけども。

「ハイテンションのまま電話に出たりしないだろ」

ともあれ、俺は努めて冷静に返答する。

美織との通話で嬉しそうにしていたらいじられるに決まっているからな。

『その返しからすると、それなりに上手《うま》くいったんだ？』

「……まあ、楽しかったよ」

言葉の裏を読まれたような問いに何とも言えない気持ちで答える。

『それは何より。私に感謝することだね！』

「別に何も言われなきゃ素直に感謝の気持ちがあったのに、わざわざ言われるとそんな気持ちもなくなってくるな……」

『あはは、夏希ってあれでしょ。勉強しなさいってお母さんに言われたら、今からやろうと思ってたんだよって怒《おこ》るタイプでしょ』

「やかましい！」

見透《みす》かされすぎて苛《いら》ついてきたな？

「……まあ、でも、ありがとな。お前のおかげで、恥《はじ》かかずに済んだ」

『どういたしまして』

素直に感謝の念を伝えると、美織は特にいじることもなく優しい声音で応じる。それはそれでなんか、こう……いや、まあいいけどさ。むず痒《がゆ》い気持ちになる。

『もう家に帰ったの？』

「いや、帰宅中。ちょうど駅から出たとこ」

『あ、丁度いいや。十分ぐらいそこで待ってて』

「いや、俺にとってはぜんぜん丁度よくないんだが……」

と、答えた時にはすでに通話が切れていた。言いたいことだけ言って切りやがった。

もしかしてこの女、俺が断るという選択肢を想定してないのか？

仕方なく改札近くの柱に背を預けながら、ぼうっと人の流れを眺《なが》めていると、

「あ、いたいた。おっすー」

改札口から出てきたのは白いパーカーに黒いミニスカートの少女。シンプルながらもスタイルの良さを強調するような服装で、思わず太ももに目がいってしまう。

ちょっとスカート短すぎじゃない？　俺がお父さんだったら許しませんよ！

「……おう」

などと内心で荒ぶりながらも、表面上は言葉少なに応答する。

「なーに、じろじろ見て。また私のこと好きになっちゃった？」

美織は蠱惑《こわくてき》的な笑みを浮《う》かべて尋《たず》ねてくる。唇《くちびる》をちろりと舐《な》める舌が艶《なま》めかしい。

「またも何も、お前のことを好きだった時期なんかねえよ」

「え、嘘《うそ》。本当に？」

「なんで嘘つくと思ったんだよ。あの時期のお前はただのガキ大将だったろ」

「むぅ……てっきり私の男らしさでイチコロかと」

「俺は女かよ」

「あはは、冗談冗談《じょうだんじょうだん》」

からからと笑う美織が歩き出すのに合わせて、俺も後に続く。

「てか、お前は今日何してたんだ？」

「部活休みだったから、中学の時の友達と遊んできたんだ。ほら、粧裕《さゆ》とか香奈《かな》とか」

その名前には聞き覚えがある。俺と同じクラスだったトップカースト陣《じん》だ。まあ向こうは俺の名前なんて覚えているかどうかも怪《あや》しいので知り合いとも呼べない。

「ふーん」

「……自分から聞いといて興味なさそうだね？　それじゃモテないよ？」

「むぐ……」

ジト目の美織に、何か文句を返そうとして言葉が詰まる俺。

昔はモテようなんて意識はなかったからいくらでも言い返せたけど、今の俺の目標は星宮に好きになってもらうこと。つまり、女にモテないままじゃ困るのだ。

「じゃあどうすればいいんだ？」

「ちゃんと相槌《あいづち》を打てばいいんだよ。いかにも興味ありますよってトーンで」

「ふむ……」

「それだと確かに興味はありそうだけど、話しやすいテンポ感がないよね。『うんうん』とか『あー、分かる！』とか、『それいいよね！』とか明るくテンポ良くしないと」

「うんうん、それいいよね！」

「まったく話聞いてない相槌になったら逆効果だからね？　まったく、みんなの前だとあれだけちゃんとしてるのに、私の前だとひねくれ者のままなんだから……」

　やれやれと肩《かた》をすくめる美織。

「昔の俺《おれ》を知ってる奴の前で仮面を被《かぶ》るのも労力の無駄《むだ》だろ」

「……なるほど、そういう考え方ね」

　美織は何だか真剣《しんけん》なトーンで相槌を打つと、とんとんと肩を叩いてきた。いくら美織とはいえ女の子からボディタッチされると緊張《きんちょう》しちゃうからやめろ！

「そこ、自販機《じはんき》」

　美織の方に目をやると、彼女は自販機を指差している。

　懐《なつ》かしい。珍《めずら》しく百円以内でジュースを買える自販機だから昔はよく利用したものだ。

「もう家の近くだぞ。帰ってからなんか飲めばいいだろ」

「その服、私のプロデュースだよ？　奢《おご》って♪」

めちゃくちゃ良い笑顔《えがお》だった。別に、それぐらい構わないけどさぁ……。

古びた自販機に百円玉を投入すると、美織は迷わず紙パックのいちごオレを購入《こうにゅう》した。

「ありがとー」

「お前、それ買うのは昔から変わらんのな」

俺が言うと、なぜか美織はぴたりと動きを止める。

「……あれ？　なんで私、これ買ったんだろ」

「何言ってんだこいつ」

頭でもおかしくなったか？

「や、確かにいちごオレは好きなんだけどさ。最近は飲んでなかったし。なんか、気分が昔に戻《もど》ってたかも。というよりは昔の癖が出た、みたいな？」

「あー、分からんでもない」

などと適当に返しつつ、俺はブラックの缶《かん》コーヒーを買う。

「ちょっと、そこはあなたも昔の癖を出すところでしょ？」

「昔の俺が何飲んでたかなんて覚えてねえよ」

何しろ俺にとっては追加で七年以上も前なんだから。

「あなたはいつもこのリンゴジュースだったよ」

「……そうだっけ？　よく覚えてるな」

「だって、同じ百円なのにこれだけ缶がちょっと大きいでしょ。だからお得なんだって力説してたし。ていうかあなただって、なんで私が買うものだけ覚えてるわけ？」

いかにも子供の頃の俺が言いそうな理屈《りくつ》ではあった。あの頃は百円が重かったからな。

「お前、それに限らずいちごに関するものなら何だって好きだったろ。それだけだよ」

「……なーんか、ムカつく」

「なんでだよ」

「自分だけブラック飲んで、大人になった感出しちゃってさ」

ブラックを飲めるだけで大人になれるのなら苦労はしない……が、それはそれとして大学時代にコーヒーばかり飲んでいたら、いつの間にか苦く感じなくなっていた。

「人は変わるもんだね」

美織はちょっと離《はな》れて、勝手に俺をスマホカメラでパシャパシャ撮《と》りながら言う。

「そりゃこっちの台詞《せりふ》でもあるけどな」

ガキ大将かつ短パン小僧だった美織がこんな女らしい奴になるとか誰《だれ》が予想できるか。

「つーか勝手に撮るな」

「いいじゃん私のプロデュースなんだから」

「勝手にミンスタとかに載《の》せるなよ。掲載料《けいさいりょう》取るからな」

「あはは、ちょっとカッコよくなったからってもうモデルの気分？」

「あのなぁ……」

「てか、みんなの評判はどうだったの？」

「別に大した反応はなかったよ。……まあ、ちょっと褒《ほ》められたりはしたけどな」

脳裏《のうり》を過《よぎ》るのは星宮から褒められた時の一幕。……あ、なんか口元がにやけそう。

「へー、よかったじゃん。スポーチャ行ったんだっけ？」

「ああ、筋トレのおかげで体力的にはぜんぜん余裕だったから──」

などと話《はな》し込《こ》んでいるうちに、いつの間にか俺の家に到着《とうちゃく》していた。

……あれ？　なぜか今日起きた出来事をほとんど話してしまったような気がする。

あまりにも美織の相槌が自然かつ的確で、勝手に口から話から零《こぼ》れ出ていく感覚だった。

「それじゃ、またね夏希。また面白《おもしろ》そうなイベントがあったら連絡《れんらく》してね？」

美織はにこりと笑って自分の家の方へと去っていく。

み、美織……。あいつは俺が思っていたよりも、おそろしい女かもしれない。

＊

その五日後。

木曜日の放課後だった。

「それじゃ灰原君、行きましょうか」

帰宅準備を終えた七瀬が俺の席の前に来る。

その態度と言葉で若干《じゃっかん》教室がざわついた気がするけど、何でだろう。

「ああ」

俺は頷いて立ち上がり、七瀬と並んで歩き出す。他のみんなはＨＲが終わるや否《いな》や、すぐに部活へと去ってしまった。文芸部の星宮も今日は部活がある日だ。

「一応面接はするらしいけど、形式的なものだから」

俺と七瀬はこれから喫茶マレスに向かう予定だ。

七瀬はバイトで、俺は面接。あの休日の二日後。俺はひとりで喫茶マレスを訪《おとず》れ、その落ち着いた雰囲気を気に入った。だから七瀬に紹介してもらったのだ。

「灰原君の人柄《ひとがら》なら問題なく合格すると思うわ」

「ま、だったらいいけどな」

俺の人柄なら、とは言うが七瀬はどこまで俺の人柄を把握《はあく》しているのだろうか。本来の俺が面接に合格する絵面はなかなか想像できない。まあバイトぐらいなら何とかなるだろうと思いつつも、大学四年の就職活動の時に落とされまくった記憶《きおく》が脳裏を過る。

当然のように三十社落ちた時は普通《ふつう》に死のうか迷ったよね。何とか内定こそ手にしたものの、今こうしてやりなおしている以上、意味はないな。そこに後悔《こうかい》はないが。

「キッチンが足りないんだっけ?」

「ホールはホールで足りないようだけど。キッチンの方が足りてないわね」

「七瀬はどっちなんだ?」

「私はホールよ。自慢じゃないけど、料理はできないの」

「本当に自慢じゃないな……」

「意外?」

「まあ七瀬って何でもできそうだからな」

「よく言われるわ。でも私はみんなが思ってるより普通の女の子だから。茶道《さどう》や書道が多少できるのは、習っていたから作法を知っているっていうだけ」

「それは最近ちょっと分かってきたかも」

「……納得《なっとく》されると、それはそれで釈然としないわね」

「なかなか面倒な性格だな⁉」

俺がツッコむと、七瀬はくすくすと笑う。口元に手を当てる上品な笑い方は育ちの良さを感じさせると共に、可愛らしい。七瀬、お前……あまりにも〝推せる〟わ。

クール美人を演じているが、実は割と普通に女の子している七瀬。最強属性か？

「さ、行きましょうか……って、どうかしたの？」

七瀬をじろじろと舐めまわすように見ていると、俺の視線に気づいてきょとんと小首を傾《かし》げる七瀬。その仕草も、美しい系の顔立ちとギャップがあって可愛い。

「ああいや、何でもない」

あ、あぶねえ……ガン見しすぎたぜ。

七瀬に対してガチなアイドルオタクみたいな心境になりつつある俺。

付き合いたいとかそういうのじゃないんだよな。何というか単純に、七瀬は推せる。

もう、とにかくこう、幸せに暮らしてほしい。

そんなガチでキモいことを考えているとは悟《さと》られないように会話を続ける。

「灰原君はキッチン志望よね？」

「んー、まあホールでもいいんだけど、キッチンの方が人足りないならそれで」

本当にどっちでもいい。

ただ俺の本質が陰キャなのは変わらず、どちらかと言えば料理より知らない人と喋《しゃべ》る方が精神力を消費することもあり、キッチンの方がいいような気もしている。

「料理、どのくらいできるの？」

「どのくらいって言われると難しいな……」

料理は大学時代にひとり暮らしをしていた頃、暇《ひま》だったから極《きわ》めていた。ユーチューブでいろんな料理動画見たりネットでレシピ調べたりして、毎日趣向《しゅこう》を凝《こ》らしていた。どのみち授業以外では家から出なかったので、料理の研究もやりたい放題だ。ハハハ！

飯作るの面倒ってよく言われるけど、俺としては家から出る方が面倒だったからな。

というか家から出たくない。俺の生活は家だけで完結していたので。

そんな俺の陰キャ思考など露《つゆ》ほども知らないだろう七瀬は、上機嫌《じょうきげん》に頷く。

「ふふ、そうよね」

「まあ、喫茶店で求められるレベルなら多分大丈夫《だいじょうぶ》だぞ。家でも俺が飯作ること結構多いし、無駄に試行錯誤《しこうさくご》してきたからだいたい美味いもん作れる」

そもそも喫茶店のバイトは大学時代に経験がある。

だいたいのメニューは作れるし、ホールもこなせるだろう。

「へー、なかなか自信ありそうね。じゃあ、楽しみにしておくわね？」

「七瀬に振《ふ》る舞う機会なんてあるのか？」

「私もよく客として利用するもの。あなたがシフト入っている時にしようかしら」

そう言って七瀬は悪戯《いたずら》っぽく笑った。

＊

それから喫茶マレスで面接を受けたが、問題なく合格した。

シフトについても週三回ほど、学校後の午後六時から十時まで入ることになった。土日は臨機応変にって感じだ。

「じゃあ早速《さっそく》、来週からよろしくね」

店長はとても優しそうなお爺《じい》さんだ。柔和《にゅうわ》な笑《え》みがよく似合っている。怖い人じゃなくてよかった。怖い上司の下で仕事したらビビりすぎてむしろミスが増えるからな……。

「お、イケメン君じゃん。新入り？」

店に入ってきて軽い調子で声をかけてきたのは、金髪《きんぱつ》の女性。大学生だろうか。普通にカウンター内に入ってくるところを見るに、ここの店員らしい。

「来週から働くことになりました、灰原夏希です」

「夏希くんね、よろしくー。あたしは桐島美香《きりしまみか》。大学一年生だよ」

軽い調子で握手《あくしゅ》してくるので、俺は悟る。これは……陽キャの距離感《きょりかん》だ！

「あ、そういえば唯乃が紹介したい人いるって言ってたっけ？」

「ええ。それがそこの灰原君ですよ」

俺が答えようとした時、ホールを掃除《そうじ》中だった七瀬が先に答える。

桐島さんはそんな七瀬をニヤニヤした顔で見てから、俺の耳元で囁《ささや》く。

「……ちなみに、彼氏《かれし》？」

「聞こえてますよ。違《ちが》いますから」

七瀬が呆《あき》れ顔《がお》で桐島さんに苦言を呈《てい》する。

「あたしはこの子に聞いてるのよ。ねえ夏希くん？」

「残念ながら、彼氏じゃないです。こんな彼女《かのじょ》がいたら嬉《うれ》しいですが」

「へぇー。ふーん？　だってよ、唯乃？」

俺が肩をすくめると、桐島さんは楽しそうに七瀬を呼ぶ。

……うん？　今ただ本音を言っただけなんだが、もしかしてキモかった？

「だから何なんですか。からかわないでください」

七瀬は後ろを向いて店内を掃除しながら、淡々《たんたん》とした口調で答えた。

「おい桐島。新人たちをいじめてないで、早く仕事してくれ」

店長が苦笑《くしょう》しながら呼びかけると、桐島さんは「はーい」と面倒臭《めんどうくさ》そうに返事をしながら従業員室に消えていく。七瀬も仕事を続けているので、今日はもう帰るか。

「じゃあ七瀬、また明日な」

「……ええ、また明日。それと、これからよろしくね」

こうして俺のバイト先は決まり、次の週から学校&バイトの生活が始まった。

＊

ひとり暮らしを始めたばかりの頃は外食ばかりしていたが、すぐに外に出ることすら面倒臭くなり、カップラーメンを食べ続け、それも飽《あ》きたので仕方なく料理を始めた。

料理なんて簡単だ。食材に合わせて適当に切って煮《に》て焼いて揚《あ》げるだけでそれっぽいものが出来上がる。後は調味料の配分やらタイミングやらを見極《みきわ》めるだけだ。

ただ、それを人様にお出しできるレベルにするとなると話は変わってくる。俺が調理して俺が食うだけなら失敗しても問題ないが、キッチンバイトとなるとそうはいかない。お金を出してもらって料理を提供する以上は、それ相応のものを出さなきゃいけないと思う。

だから大学二年生の時に喫茶店のキッチンバイトを始めた俺は、そのギャップに悩《なや》まされた気がする。当たり前だが、店のやり方に寄せないといけないし。

——とはいえ、三か月も経《た》てば普通に慣れた。基本的に調理のやり方は固定されているから覚えるだけだし、多少のアレンジは許されるから。

「夏希くーん。ナポリタンお願い」

「はいはい」

桐島さんに声をかけられ、俺は調理を開始する。

塩を加えた湯で麺《めん》を茹《ゆ》でつつ、玉ねぎやピーマン、マッシュルームなどの具材を適当に切っていく。ケチャップやら何やらの調味料を適当に混ぜ、切った具材をフライパンで炒《いた》めていく。そこに茹で上がった麺を水気を切ってから加え、適当に混ぜた調味料を加えて強火で一気に炒めると、俺風ナポリタンの完成だ。ま、作り方は王道というか普通なんだけど、味付けは俺好みにしてある。ここ喫茶マレスは一応メニューごとにやり方は指定されているものの、結構自由に調理しても許されるのでやりがいがある。楽しい。

「桐島さん、ナポリタンできました」

「おっ、早いね！　それじゃ運んでくるよ！」

一応キッチンをやるにあたって、客にお出しする前に店長に食べさせる試験みたいなものがあったんだけど、問題なく合格した（というか絶賛だった）ので、俺はシフト二日目にして即戦力《そくせんりょく》となっている。もうだいたいの仕事は覚えた。

「ていうか夏希くん凄《すご》いね？　本当に今までバイトしたことないの？」

ナポリタンを運び終わったのか、桐島さんが嬉々《きき》として声をかけてくる。

今は店内に二人しか客がいない。混む時はやたら混むのだが、空いている時はやることがあまりないので雑談ぐらいは許される。今はそのタイミングだった。

「あー、まあ家で料理はしているので」

「それでもだよ！　まさか初日で店長に腕《うで》を認めさせちゃうとはねぇ。即戦力にも程があるって感じだよ。唯乃もよくこんな天才を連れてきたね？　お手柄《てがら》！」

話を振られた七瀬はレジのお金を数えながら、

「私も、まさかここまでできる男だとは思ってませんでしたよ」

何だか複雑そうな視線を俺に向けている七瀬。何か問題でもあったか？

「……私はホールの仕事を覚えるのに一か月かかったのよ」

じとっとした目つきが俺を睨む。不満そうだが、それ普通だと思うぞ？

「唯乃は物覚え早かったよ！　夏希くんがおかしいだけ！」

褒めるニュアンスなのは分かっているが、ギャルっぽい大学生におかしいとか言われると心にグサッと突《つ》き刺《さ》さる。そう、俺はおかしな陰《いん》キャ高校生……フフフ……。

「いや、ほんとに灰原君は頼《たよ》りになるよ。これからもよろしく頼《たの》む」

店の奥《おく》から顔を出した店長が、俺の肩をぽんと叩《たた》く。

……とまあ、こんな感じでみんなにめちゃくちゃ褒められるが、二年ほど喫茶店バイトの経験がある俺としては当然のことしかやっていないので、むず痒い。かと言ってその話をしたら、それはそれで嘘になってしまう。調べたらすぐに分かりそうだし。

「いやまあ、このぐらいは全然」

「灰原君はいつも謙虚《けんきょ》ね。もっと自慢《じまん》げにしてもいいのよ?」

七瀬はそう言うが、この程度でイキるのも恥《は》ずかしい。

いくら俺のようなクソ陰キャ無能野郎《やろう》でも、七年も過去に戻って人生をやりなおしているのだから、周囲より優《すぐ》れている部分が多いのは当然のことだ。

「いや、俺じゃなくて教えてくれた人のおかげだからな。俺が料理できるのは」

だから謙遜《けんそん》というか、曖昧《あいまい》に苦笑して誤魔化《ごまか》すしかなかった。

そんなタイミングで、入り口の呼び鈴《りん》が鳴る。ホールの七瀬が接客に向かった。

さて、俺は溜《た》まった皿でも洗うか——と、思った瞬間。

「やっほーユイユイ! 遊びに来たよ!」

聞き覚えのある声が聞こえた。というか声がデカい。

嫌な予感を覚えながらも入り口に目をやると、見覚えのある三人の姿。

新たな客は、詩と竜也と怜太だった。

「おう七瀬。夏希の奴は……って、あいつキッチンかよ？」

店内をきょろきょろ見回してから俺の存在に気づいた竜也は目を丸くする。

「……お席にご案内しますね。こちらへどうぞ」

七瀬は少し恥ずかしそうにしながらも、マニュアル通りに接客する。友達が来た時って
どこまでマニュアル通りで、どこまで普通に話すか迷うよな。ちょっと分かる。

テーブル席に腰《こし》かけた竜也と詩は、ぐったりしたように深く座《すわ》る。部活終わりで疲《つか》れて
いるんだろう。そんな二人に苦笑しつつ、怜太が俺と七瀬に謝ってくる。

「今日は二人のシフトが重なってるって話、昼間に聞いてたからさ。僕ら三人で話してた
んだよね。部活終わりに突然《とつぜん》行って驚《おどろ》かせよう……ってね。驚いた？」

「驚いたわよ。事前に言ってくれるかしら？」

唇を尖《とが》らせる七瀬を宥《なだ》める怜太。俺はキッチンで仕事を続けていたが、

「ちょっと話してきたらどうだい？　友達なんだろう？」

「え、いいんですか？」

「今日はお客さんも少ないからね」

「ありがとうございます！　じゃあ、ちょっとだけ」

店長が気を遣《つか》ってくれたので、俺は頭を下げて詩たちのテーブルに向かう。

「うっす。俺たちの仕事を増やしに来たのか？」

「えーっ？　言い方！　ナツは、あたしたちが来て嬉しくないの？」

「嬉しいも何も、さっきまで学校で一緒《いっしょ》だったしな……」

とマジレスすると、詩は不満そうに「むむ！」と頬《ほお》を膨《ふく》らませる。

「ナツは今、嬉しい⁉」

「う、うん？」

何だこの勢いは。というか詩の顔が近いので、後ずさる。

「あたしと友達になれて、嬉しい？」

あまりにも直球の質問に、思わず視線を逸《そ》らしながらも頷《うなず》く。

「ま、まあ……それなりに」

「あたしたちと一緒の学校生活、楽しい？」

「そりゃ、楽しいよ」

「じゃあナツは今楽しいんだね⁉　あたしが来て嬉しいんだね⁉」

「……ん、んん？」

どう考えてもそこは繋《つな》がらない気がしたけど、それを言って今の詩が浮かべている輝《かがや》くような笑みを失いたくなかったので頷いてしまう。なんて弱いんだ俺は。

「まあ、うん。そうだね。そういうことにしよう！」

「いえーい！」

「い、いえーい！」

詩が手を挙げたので、何とかハイタッチに合わせる俺。

まずい。テンションに追い付けない！　陽キャ特有の雰囲気会話だコレ！

「……仲良いわね、あなたたち」

「そりゃもう、あたしとナツはマブダチだからよっ！」

詩は立ち上がって俺の肩に腕を回す。だから距離近いって⁉

そのまま肩を組もうとしていたので、仕方なく背筋を曲げてやった。

詩の体が密着する。柔《やわ》らかい。特に胸部は絶壁《ぜっぺき》だと思っていたのに、確かに女の子なんだなと気づいてしまう。それに、なんか良い匂《にお》いがする。部活後のはずなのに。

そんな俺の緊張なんて露ほども知らない様子の詩は、七瀬にピースサインを向ける。

「いえーい！　ユイユイ写真撮って！」

「ちょ、ま――」と俺が止める間もなく、パシャリとスマホカメラの音がする。

いや別に嫌じゃないけども！

心臓が追い付かないので適宜《てきぎ》休憩《きゅうけい》させてほしい！

ていうか七瀬も行動早いな？　何なら最初からカメラ構えてたレベルでしょ。

そんな俺の目線に気づいたのか、七瀬は微笑《びしょう》しながら、

「ミンスタに載せようと思って」

「もっと普通の写真にしない？　これじゃちょっと……」

「これじゃちょっと、何よ？」

意地の悪い笑みを浮かべる七瀬。

いや、だって、流石《さすが》になんか、その……付き合ってるみたいじゃない？

もしかして俺が自意識過剰《かじょう》なの？　陽キャ界ではこれが普通なの？

「え、あの、ユイユイ……別の写真にしない？　そうだ、みんなで撮ろうよ！」

「あら、そう？　まあ佐倉《さくら》さんがそう言うのなら」

などと動揺《どうよう》していたら、詩の提案であっさりと七瀬は取りやめる。でも詩は俺みたいなみみっちい考えで言ったわけじゃなくて、単にみんなで撮りたいだけなんだろうな。

「ほらみんな、入って入って！」

と詩がスマホカメラを内側にして、持つ手を遠くにやりながら言う。そのカメラの範囲《はんい》内《ない》に映り込むとまた詩との距離が近いが、もう仕方ないか。みんながカメラに映り込んだところで詩が撮影《さつえい》し、その写真がＲＩＮＥのグループチャットに送られてきた。

俺もスマホを開いてその写真を見ると、確かに俺も含《ふく》めた五人が写っている。

なんか……こういうの、嬉しいな。思わず口元がにやける。

楽しい思い出をきちんと一枚に刻《きざ》み込んだような、そんな感じがする。前までは写真なんて撮ったところで意味ないと思っていたが……そんなこと、ないんだな。

「あ、見てみて！　ヒカリンからメッセージ！」

詩の言葉で俺もスマホの画面を写真からグループチャットに戻すと、星宮は『ずるいよみんなー！』というメッセージと、怒っている人のスタンプを送ってきた。

「あれ？　そういや星宮はなんでいないんだ？」

「誘《さそ》ったんだけど、ちょっと門限が厳しいみたいでね。それに文芸部も部活がある日とはいえ、流石に運動部よりは早い時間に終わるからちょっとタイミングも悪いし」

「あー、そりゃ仕方ないな」

そんな星宮に詩が『いいでしょ！』と返信する。微笑《ほほえ》ましい光景だ。

「私もミンスタにあげたいわ。いいかしら？」

七瀬が許可を求める。みんなと共に俺も頷きながら、

「そういや七瀬とミンスタ繋がってないな。アカウント教えてくれよ」

「あら？　というかあなた、ミンスタやっていたの？」

「最近始めたんだよ。だからまだフォロワーとか誰もいないけど」

「寂《さび》しいわね。仕方ないからフォローしてあげるわ」

「あ、あたしもあたしも！」

「じゃあ僕も。竜也はやってないんだっけ？」

「いや、見るだけのアカウントならあるぜ。めんどいから何も投稿《とうこう》しねえが」

そんなこんなでみんなとミンスタでも繋がることに。

俺以外はすでに繋がっていると話の流れで知ったので、その疎外感《そがいかん》がちょっとだけ悲しかったからつい先日始めたのだ。ちょっとだけね。ほんのちょっと。

やっぱり今時の陽キャはみんなミンスタなんだろうな。当時の俺はツイスターでオタクコンテンツをフォローしまくっていただけだったが……。

ともあれ、せっかく繋がったので、さっき撮った写真を載せたらしい七瀬の投稿を見てみる。そこに表示されたのは俺たち五人の笑顔の写真で、その下に日本語の文章。

『みんながバイト先に来てくれた♡　ありがと――っ！　#喫茶《きっさ》マレス』

「…………いや誰⁉」

「な、何よ。何か文句ある？」

七瀬はぷいっと顔を背《そむ》ける。その頬は少し赤い。

「あはは、ユイユイのミンスタ全然キャラ違って面白いよねーっ！」

「僕《ぼく》はなんか慣れてたけど、そりゃ初めて見たら驚くか」

からからと笑う詩に、苦笑する怜太。

「あ、ねえねえユイユイ、ナツってキッチンなんでしょ？」

「そうよ」

「じゃあ今何か頼むと、ナツが作ってくれるの？」

「そうなるわね」

「おいおい、俺の仕事を増やそうとするな」

「僕はもう母さんに今日の夕飯いらないってメッセージ送っちゃったんだよね。夏希が何か作ってくれないと困るな。パスタ系で、なんか得意なやつ頼むよ」

「あたしは家に夕ご飯あるから軽めのやつがいいな。ナツのお勧《すす》めで！」

「俺はまあ、量が多けりゃ何でもいい」

「喫茶店のメニューに量を求めるなよ……」

例外はコメダだけで十分だ。俺は苦笑しながらキッチンに戻る。

店長に視線をやると、穏《おだ》やかに頷き返された。まだ何も言ってないのだが、どうやら俺の意図を汲《く》んでくれているらしい。友達相手なら自由に作ってもいいようだ。

個人経営店は融通《ゆうずう》が利《き》いて助かる。というか楽しいな。

「さて、どうするか……」

せっかく友達に振る舞《ま》うのだから、美味《おい》しいものを作って喜ばせたい。

そう思うと、なんだか緊張してきた。客にはいくらでも作ってきたが、友達に作ったことは一度もないからな。なぜなら友達がいないので。自明の理だった。

「どうするの？」

「見てろ。俺の本気を見せてやる」

「私は構わないけど、自由にやりすぎて怒られないでね？」

確かに、メニューの範疇《はんちゅう》を外れすぎるのもよくないか。金額設定の問題もある。他の客も何組かはいるから、そんなに時間もかけられない。

――ふむ、腕が鳴るぜ。

＊

そんなこんなで完成した料理を七瀬が運んでいく。

「わーっ、美味しそう！」

うきうきしている感じで詩が言う。

ちょっと声が大きいけど、作ってる間に他のお客さんは帰っちゃったし構わないか。

パスタ希望の怜太には魚介《ぎょかい》のスープスパゲッティ、甘《あま》いものが好きな詩には生クリームをたっぷり載《の》せたパンケーキ、量重視の竜也にはオムライスを大盛で作った。

既存《きそん》のメニューにアレンジを加えただけだが、かなり俺好みの味に仕上げてある。それをみんなが気に入ってくれるかどうかだ。な、なんだか緊張してきたぞ。

固唾《かたず》を呑《の》んでみんなの様子を眺めていると、まずは詩が一口目をぱくり。そして驚いたように目を瞬《またた》かせると、何も言わずに二口、三口と食べ進めていく。いや感想は⁉

と、やきもきしていたら竜也と怜太も食べ始めたので、意を決して尋ねる。

「……ど、どう？」

しかし、なぜか三人とも答えない。もしかして、不味《まず》かったか……？

「め……」

「め？」

「めちゃくちゃ美味しいーっ！」

詩がひときわ大きな声で感激する。

そんな風にテンションマックスの詩を、怜太が穏やかに窘《たしな》めた。

「詩、お店の迷惑《めいわく》になるから静かに。……でも、僕も同意だよ。こんなに美味しいとは思わなかった。ここ来たことあるんだけど、結構アレンジしてるよね？」

「うん。これは俺流に作ったやつだから、店のやり方はガン無視してる。これ内緒《ないしょ》な」

口元に指を立てる。

もちろん店長も怒《おこ》りはしないだろうが。

「美味しい！　ほんとに美味しい！　ナツってほんとに凄いね！」

怜太に注意されたからか、先ほどよりは控《ひか》えめな声量で詩が騒《さわ》ぎ立てる。そんなに美味しそうに食べてくれると俺も嬉しい。作ってよかったと思える。

竜也もガツガツとオムライスを口に運びながら、「うめぇ」と呟《つぶや》く。

「あたし、二人のもちょっと食べてみたいな！　タツ、一口ちょーだい！」

きらきらした目でオムライスを見つめていた詩は、口を開ける。

……これはもしかして、竜也にあーんさせようとしているのか？　こんな公衆の面前で陽キャみたいな……いや、陽キャだったわ。そうじゃないの俺だけだったわ。

とはいえ流石に陽キャにも分別のある陽キャはいる。

意外と常識人の竜也は「な……」と絶句した後、不機嫌《ふきげん》そうに目を逸らした。

「そんな恥ずかしい真似《まね》、誰がやるかよ。食いたきゃ勝手に食え」

と言って、スプーンを皿の上に置く。詩は気にした様子もなくスプーンを握《にぎ》った。

「じゃあお言葉に甘えて！　……って、こっちもうまっ！」

それから三人は料理を少し分け合って和気藹々《わきあいあい》と食べ進めていった。流石にパンケーキは他の料理と合わないと思うんだが……まあいいか。当人の詩が楽しそうだし。

隣《となり》の七瀬がごくりと唾《つば》を呑みこんでいる。食べたいのだろうか。まあ俺《おれ》もお腹《なか》は空いてきた。ちょっとからかってみようか。よ、よし……ここは挑戦《ちょうせん》してみよう。

俺は七瀬の肩《かた》をぽんと叩き、にやりと笑って問いかける。

「食べたいのか？」

「ま、まあ……でも、バイト中だから。そうだ、賄《まかな》いはあなたに作ってもらおうかしら」

「もちろん、それぐらいなら任せてくれ」

自分の拳《こぶし》で胸を叩く。

……よし、楽しく話せたな。そして自然なボディタッチも成功した。

陽キャはこれを呼吸するように行えるからすごいよな。

一方、俺はボディタッチが許される好感度の見極めが下手すぎる。だいぶ仲良くなった（と勝手に俺が思っている）七瀬が相手でも、肩を叩くのが精一杯《せいいっぱい》だ。まあ距離感を間違《まちが》えて気持ち悪がられても困るし、慎重《しんちょう》すぎるぐらいが丁度いいよな。

そんな風に七瀬と話していたら、ふと気づく。

……なんか竜也の口数が少ないな？

「こらこら、ちょっとうるさいよ。それに、お客さんいなくても仕事はあるんだからね」

竜也に話しかけようとしたら、後ろからこつんと頭を叩いてきたのは桐島さんだ。

いくら客がいないとはいえ、ちょっと騒ぎすぎたか。

「はーい」とやる気のない返事をして、しぶしぶ俺と七瀬は仕事に戻る。

「……お前って、この店のバイト始めたばっかだよな？」

みんなに背を向けた俺に、竜也が平坦《へいたん》な口調で尋《たず》ねてくる。

「ん？　ああ、そうだけど」

「それなのに、よくここまで……」

「ま、元々親に料理を教えてもらってたってだけだよ」

と肩をすくめる。竜也はガツガツとオムライスの残りをたいらげながら、

「――だとしても、お前はすげえよ。ほんとに何でもできるんだな、夏希は」

そんな風に褒めてくれたので、素直《すなお》に嬉しいと思った。
そこでカラン、と入り口の呼び鈴が鳴る。
他の客が入ってきたので、俺と七瀬は詩たちのテーブルを離れる。
それからは急に混み始めたので、詩たちは食べ終えるとそのまま帰っていった。

*

バイトを終えて家に帰ると、すでに時刻は十一時に迫《せま》っていた。
さっさと風呂《ふろ》に入って寝《ね》るかと考えていた時、スマホの通知音が耳に届く。
画面を見ると相手は星宮だった。グループチャットかと思いきや個人チャットだ。

星宮ひかり『みんなに手料理振る舞ったって本当!?』

そういえば今日、星宮は仲間外れにされたせいかＲＩＮＥで憤慨《ふんがい》してたな。
とりあえず返信で肯定《こうてい》しておく。まあ手料理というか、普通に店の料理ではあるが。

夏希『そうだよー』
星宮ひかり『えー、ずるい！　わたしも食べてみたい！』
夏希『バイト先に来てくれれば、いくらでも笑』
星宮ひかり『次は絶対わたしも行く！』
夏希『そんなに期待するほど大したもんでもないよ笑』
星宮ひかり『えー、嘘《うそ》だー。詩ちゃんがストーリーに載せてた写真見たけど、すっごく美味しそうだったよ？』

ミンスタを開くと、ストーリーには詩が撮《と》った料理の写真が確かに載っている。
いつの間に撮ってたんだ……？
それにしても写真が上手《うま》い。確かに美味《うま》そうに見える。

夏希『ほんとだ。いつの間に』
星宮ひかり『見返したらおなか空いてきちゃった』
夏希『確かに笑　カップラーメンでも食べようかな』
星宮ひかり『ちょっとずるいよ!?　わたしはダイエット中なのに！』

夏希『そうなの？　必要なさそうだけど』
星宮ひかり『見えないところが気になるの！』
夏希『深夜のカップラーメンは美味いぞ？』

体に悪い味がするからな……とは言いつつも、本気で食べるつもりはない。せっかく人に見せられる体になってきたのに、ここで無駄《むだ》な脂肪《しぼう》を増やしたくはないし。

星宮ひかり『夏希くんも禁止！』
夏希『そんな理不尽《りふじん》な』
星宮ひかり『健康に悪いからです』
夏希『仕方ないなぁ』

と返信してから、数分ほど間が空く。
なんとなく不安になる時間だ。ちょっと返信ミスったかな。
何か自分から話題を提供したほうがいいだろうか。
せっかく星宮からＲＩＮＥが来たので可能な限り続けたい俺からすると、いろいろと考えながらチャットを打っているのだが、星宮は多分ノリでやっているだろう。

ほどなくして既読《きどく》がつき、『そろそろ寝るね！　また明日！』と話題を切るような返信があった。時間的に仕方ないとはいえ、ちょっと悲しい俺だった。

▼第三章　完璧な振る舞いを

俺と七瀬《ななせ》のバイト先に詩《うた》たちが顔を出してから、二週間が経過した。

「——というわけで、今日から部活停止期間だ。しっかり勉強するように」

だらだらと長い話をしていた担任は、そんな言葉で帰りのHRを締《し》める。

中間テストの時期が近づいてきた。具体的には一週間前だ。

涼鳴《りょうめい》は普《ふ》通科《つうか》の進学校なので、中間テストは現代文、古典、世界史、日本史、数学、英語、物理、生物、化学などの何の変哲《へんてつ》もない九科目。期末テストはこれに情報処理や家庭科、保健体育などの科目も加わるが、今回は関係ない。

九科目を月曜から水曜の三日間に分け、三科目ずつテストが実施《じっし》される。つまりテスト中は午前中だけで帰れるので、当時の俺は喜び勇んで帰宅し、ラノベを読んでいた。

「こんなに時間が有り余っているのだから、少しぐらいラノベを読んでも問題ない」という発想で気づけば深夜になっており、そのままノー勉でテストに挑《いど》んだ記憶《きおく》が蘇《よみがえ》る。

周りの連中が「あーやっべー俺ぜんぜん勉強してねーわー」「あたしもー」とか言って

いるので安堵《あんど》していたら、普通《ふつう》に赤点は俺だけだった黒歴史。あの時ほど裏切られたと感じたことはないが、そもそも裏切るも何も、まず友達じゃなかったよね。フフフ。

「うわー、テストやだなぁ。ていうか何も分かんないし！　何も！」

前の席で詩がぼやく。

「そう心配しなくても、まだ一週間あるぞ」

「授業聞いてないのに、一週間で何とかなるわけないじゃん！」

「胸を張って言うことじゃないのでは……？」

俺が詩に苦言を呈していると、後ろの席から怜太《れいた》が口を挟《はさ》む。

「あのね詩、この学校の定期テストは結構難しいらしいよ？　授業聞いてなかったなら本当にきちんと勉強しないと、軒並《のきな》み赤点なんてことになりかねない」

「あーあーっ！　聞きたくない！」

両耳を押《お》さえてぶんぶんと首を振る詩。

実際、怜太の言う通りだと思う。当時の俺もめちゃくちゃ苦労した。

とはいえ流石に一度経験している今は余裕《よゆう》だから、みんなのサポートに回るか。

「やっと地獄《じごく》の部活から解放されたぜ……！」

竜也《たつや》がガッツポーズを決めながら近づいてくる。

「えーっ？　あたしは勉強なんかより部活やりたいんだけど！　タツ、バスケへの情熱足りてないんじゃないの？　そんなに嬉しそうな顔するなんて！」

「馬鹿、お前は男バスの練習経験してないからそんなに能天気でいられるんだよ。どんだけ俺ら一年がしごかれてると思って……やべ、思い出したら寒気がしてきた」

「いや、それもうトラウマじゃん」

俺がツッコむと、竜也が「冗談《じょうだん》じゃねえんだよ」と青い顔で両腕《りょううで》を抱《だ》いている。

「まあ隣のコートで見てるから知ってるけどさ、あたしたちだって結構キツい練習してるんだからね？」

「はっ、おいおいお前、あんなもんは子供の遊びだろうよ」

「何だってぇ!?　今のは聞き捨てならないよっ！」

「はいはいそこまで」

睨《にら》み合う竜也と詩は仲が良いのか悪いのか……。

ともあれ怜太が仲裁《ちゅうさい》して事なきを得るいつもの流れだ。

竜也は意識を切り替《か》えるためかパンと手を叩くと、爽《さわ》やかに言った。

「――んじゃ、遊びに行こうぜお前ら！」

あまりにも爽やかすぎて竜也とは思えなかった。

ニコニコしている竜也と、無言で固まる俺たち。あの詩でさえ苦笑していた。そんな俺たちを代表して、怜太が仕方なさそうに口を開く。

「……いや、行かないけど？」

「はぁ⁉　馬鹿お前、何のための休みだと思ってんだっ⁉」

「べ、勉強するためだよね……？」

いつの間にか隣にいた星宮《ほしみや》がおそるおそる言う。

「勉強、だと……？」

シリアスな顔で竜也が言葉を繰《く》り返す。

何だ、その信じられないことを聞いたみたいな反応は……。

「まさか竜也、ノー勉で何とかしようって考えてる？」

「おいおい怜太、流石に俺を舐《な》めすぎだろ」

怜太の問いに竜也が鼻を鳴らす。おお、とみんなが安堵した。

「——ちゃんと当日の朝に教科書は見るぜ」

だ、駄目《だめ》だこいつ……早く何とかしないと……。

そういや前回も竜也はこんな感じで、成績は……いや、思い出すのはやめておこう。

「みんな……」

怜太はやけに真剣《しんけん》な顔で俺たちを見回して、

「勉強会をしよう。いや、ていうか付き合ってほしい。頼むから。頼む」

今まで聞いたことのない悲壮《ひそう》な声音《こわね》で頼み込《こ》んでくるのだった。

俺と星宮と七瀬は若干《じゃっかん》引きつつも頷くしかなかった。

*

「――さて、それじゃ詩と竜也はまず分からないところを教えてほしい」

それから俺たちは空き教室を借りて勉強会を始めた。

面子《メンツ》はいつもの六人だ。そう、〝いつも〟の……俺を含めて……フフフ。

さておき、机を六個くっつけてそれを囲むように座っている。

空き教室を勝手に使っていいのかとも思ったが、怜太が許可を取ったらしい。相変わらず抜《ぬ》かりない男だ。まあ図書室とかだと静かすぎて教えにくいからな。詩とか竜也の声が大きくて追い出される可能性を考慮《こうりょ》しているのだろう。

「分からないところって言われても……なぁ？」

「分からないところが分からないよねっ！」

よねっ！　じゃないが。なかなか活《い》きのいい絶望だな。

怜太たちがそんなやり取りをしている間にも、星宮と七瀬は黙々《もくもく》と勉強している。すらすらと数学の問題を解いていく七瀬に対して、星宮は四苦八苦しながら問題と格闘《かくとう》していた。微笑ましい光景だ。好感度を稼《かせ》ぐためにも手伝ってみるか？

「星宮。もう一度問題をよく読むといい。実は前の問題とはちょっと違《ちが》うんだ」

「えっ……？　うん。ええっと……」

計算中だった星宮は改めて問題に目をやる。

星宮が躓《つまず》いているところは、前回の俺も躓いたところだと思い出す。だから、どういう風に教えてあげればいいのかはすぐに分かった。

「あっ、そっか！」

「そうなんだよ。だからここはこうじゃなくて――」

教科書を取り出して例題を解説してあげると、星宮はこの問題の解き方に気づく。

それからはすらすらと計算式を記し、やがて答えに辿《たど》り着いた。

「できた！　合ってる、よね？」

喜びつつも若干不安そうに小首を傾《かし》げる星宮に、俺は大きく頷いてやる。

「うん、正解だ」

「やった！　ありがと、夏希《なつき》くん！」

…………………………。

ハッ⁉

ここはどこ私は誰《だれ》⁉

い、いや落ち着け冷静になれ！

「……夏希くん？」

「ああいや、何でもないよ」

「そう？　それじゃ先に進もうかなっ」

あ、あぶねえ……。

星宮の笑顔《えがお》の破壊力《はかいりょく》がデカすぎて、思考が停止してしまった。

いや、笑顔だけなら前回も何度も見た。

だが、それが俺に向けられていて、しかも俺に感謝しているのだ。思わず記憶を失いそうになるのも当然というもの。失うわけにはいかないけどね。失いません。

「もしかして、ナツって頭良いの？」

俺たちの様子を見ていたのか、詩が机に身を乗り出しながら尋ねてくる。

「頭が良いかはさておき、授業は一応聞いてたからな」

「ええーっ！　ずるい！」

「いや、何が？　それはただの前提条件なんだよなぁ……」

「じゃあさじゃあさ！　この問題は分かるの？」

「どれどれ……？」

詩が押《お》し付けてきた問題を覗《のぞ》き、俺は固まった。

それは数学の基礎《きそ》問題。それも授業二日目には習ったはずの問題だった。

まずい。これは想像以上だぞ……。

星宮は基礎を理解していて応用で躓いているから、前回の俺とよく似ている。たぶん授業はきちんと聞いているが、家で勉強はあまりしないタイプと見た。地頭がそんなに良くないので応用問題が分からず、いつも七十点ぐらいに落ち着くんだよな。

しかし詩はこのまま挑めば零点《れいてん》だ。点取り用の基礎問題すら理解していない。

「二人とも……中学と同じノリで挑んだら死ぬからね？」

怜太が眉間《みけん》を押さえながら呟く。

俺たちの様子を見てようやく危機感を覚え始めたのか、竜也がシリアスな顔で、

「そんなに……ヤバいのか……？　高校の試験ってのは……」

「そもそも竜也と詩は受験勉強で無理やり成績上げて入ったタイプだから最初から出遅《でおく》れ

てると思った方がいいのに、授業すら聞いてないと判明したからね」

「た、確かに……俺がここに受かったのはまぐれだが……」

「あはは！　タツ、頭悪いもんね！」

「お前だけは言うなよチビが。宿題すら出してないお前よりはマシだ……！」

　これがどんぐりの背比べか、と思ったが口には出さなかった。

「言い争ってないで勉強しなよ。言っとくけどうちの学校、赤点取ったら補習受けさせられて、再テストで合格するまで部活できないからね？」

「え………それ、マジ？」

「あはははは……いや、まさか、冗談だよね？　……そんな……そう、なの？」

　怜太の台詞《せりふ》で、二人の顔が青ざめる。

「とりあえず、今のうちからやらないと間に合わないのは数学と……」

「物理、英語あたりかな。暗記系は一夜漬《いちやづ》けでも多少は何とかなりそうだけど」

　俺が前回の経験から補足すると、怜太も頷く。

「そもそもそのへんはテスト前提出の課題の量が尋常《じんじょう》じゃなく多いからね。まずは数学の課題からこなしていこうか。毎日やらないと終わりそうにないよ、これ」

　そんな怜太の言葉を最後に、みんなは集中して勉強し始める。

竜也と詩はいざ勉強を始めれば集中力はあるらしく、教科書と格闘しながらも数学の課題を進めていた。受験前の猛勉強《もうべんきょう》のおかげでここに受かったのが本当だと分かるな。

とはいえ、もちろんやっているうちにひとりじゃどうしようもない問題とぶつかる。

怜太は竜也に教え、七瀬は星宮に教えている。

となると、俺が詩を担当するべきか？

俺が星宮を担当したかったが、その役は七瀬に取られてしまった。

まあそこの二人は中学の時からああいう感じなんだろうけど。

何というか、雰囲気《ふんいき》に歴史を感じる。

「うーん……」

実際のところ、俺は課題を進めているふりをしているだけなので暇《ひま》だった。

ぶっちゃけ数学で分からないところがない。

日本史とか世界史とかの暗記系の方が俺には鬼門《きもん》だな。忘れているところが多い。

とはいえ一晩で十分に復習できそうだが……などと考えていたら、詩が頭を抱《かか》えて「ううー」とうなり声を上げていたので、声をかけてみる。

「どこが分からないんだ？」

「ナツ、教えてくれるの？」

「もちろん。俺に分かるところなら、だけど」

俺の勉強時間を奪《うば》うことに罪悪感があるのか、詩は申し訳なさそうだ。

人との距離《きょり》に無頓着《むとんちゃく》かと思えば、よく分からないところで気を遣《つか》うんだな。

いや、このバランス感覚が陽キャたる所以《ゆえん》なのかもしれない。脳内にメモメモ。

「大丈夫《だいじょうぶ》だよ。詩に教えることは、俺の復習にもなるから」

できるだけにこやかに微笑んで、詩を安心させるように言ってみる。

すると、詩は「そっか！」と破顔した。

昔から人の感情を読み取ることが苦手な俺だけど、詩は分かりやすいから助かる。

「あのね、ここと、ここがどうして繋がるのか分からなくて……」

詩が悩《なや》んでいるのは教科書の例題だ。

課題と同じ形式の問題解説を参照したところ、途中《とちゅう》式の繋がりが理解できなくて困っているらしい。分かる。教科書の例題は途中式を省略しすぎて、どうしてこうなったのか分からないことが多々あるんだよな。ページ数の都合で削《けず》っているんだろうけど。

「この式はな、本当はこの間にこの計算が挟まっていて――」

そんな風に詩のノートに計算式を書き記しながら解説する。

どうすれば理解しやすいだろうか。

星宮の時みたいに、前回の俺が理解した時の方法なら――と、思考を巡《めぐ》らせながらも何とか解説を終える。さて、詩はちゃんと理解できただろうか？

そう思って詩の顔を見やると、鼻先がくっつくかのような距離で目が合った。

その大きな瞳《ひとみ》に魅《み》せられて、思考が止まる。

視界全体に広がる端整《たんせい》な顔立ちに、見惚《みと》れた。

「……え？」

「あ……その、ごめんね！」

見つめ合ってから、何秒経《た》っただろうか。

詩が勢いよくノートに視線を戻《もど》す。その横顔と耳元は朱色《しゅいろ》に染まっていた。

照れている……の、だろうか？　俺の勘違《かんちが》いじゃなければ。

もしかして詩は俺を異性として意識している……？

いやいや落ち着け。異性とあの距離で目が合ったら誰でも照れるだろう。

ただ、元々人との距離が近い詩が、この程度で赤面するとは思っていなかった。

だから、そのギャップで俺も動揺してしまっているのだ。それだけだ。

ばくばくと、今更《いまさら》のように胸が高鳴っていく。

なんか気まずい。急に喋《しゃべ》りかけづらくなったが、黙《だま》っているともっと気まずい。

だから何とか言葉を絞《しぼ》り出す。

「あー……、その、理解できた？」

「えっと！　そ、そうだね！　ありがとう！」

なんか詩の声が上ずっている気がする。

「――お前らなぁ、イチャつくなら二人でやれよ」

うんざりしたような竜也の指摘《してき》が、様子がおかしい俺たちに向けられたものだということは流石《さすが》に分かった。事実はどうあれ、竜也の立場なら俺もそう言うだろう。

「単に、教えてもらってただけだよ？　ね？」

「あ、ああ……そうだぞ？」

「まあ別に、どうだっていいけどよ」

竜也はため息をつく。若干不機嫌《じゃっかんふきげん》そうに勉強に戻った。

まあ勉強に集中している時に近くでイチャつかれたらそりゃイラッとするよな……。

これは俺が悪い。

ちらりと星宮に目をやると、普通に勉強に集中している。

俺たちの様子なんてまるで興味がなさそうだった。

そりゃそうだよね。うん……。ちょっとだけ、ちょっとだけ星宮が俺と詩の様子に嫉妬《しっと》してくれるかな、とか思ったけど自意識過剰《かじよう》すぎたな。

「……それじゃ続き、やろっか？」

「うん！」

それからは意識を切り替えて、真面目に詩に教えた。これでも家庭教師のバイトをしていたこともあるので、人に教えるのはそれなりに経験も自信もある。

やはり涼鳴に受かっただけはあり、地頭は悪くない。スポンジのように知識を吸収していく詩に上機嫌《じようきげん》で教えていく。そうして詩が教科書第一章の範囲《はんい》を何とか理解できるようになったところで、怜太が時計を見ながら呟いた。

「そろそろ良い時間になってきたね」

確かに、気づいたら八時が近づいていた。外はすっかり暗くなっている。

「そうね。陽花里《ひかり》の門限もあるし、そろそろ帰りましょうか」

「あー、みんなは残っててもいいよ？　わたしはもう帰るけどさ」

「流石にもう疲《つか》れたし、僕もいったん切り上げて帰るよ。みんなはどうする？」

「せっかくだし、みんな一緒《いつしよ》に帰ろうぜ？」

と提案してみる。まあ単に、星宮と一緒に帰りたいだけなんだが。

「俺はもう無理だ……勉強なんて二度としねえからな……」

竜也は「うがーっ！」と咆哮《ほうこう》を上げて立ち上がる。派手なストレス発散だな。

「あたしはナツのおかげでちゃんと理解できるようになったから、段々楽しくなってきたけど……ナツが帰るなら帰るよ？　ひとりでやっても分かんないし！」

「あ、ああ……それなら、よかった」

詩の言葉が単純に嬉《うれ》しくて、俺は頷《うなず》いた。

それからみんなが帰宅の準備を始めたタイミングで、気づく。

――んん？　あれ？　今のもしかして、暗に俺を誘《さそ》ってたのか……？

俺が帰るなら帰るということは、俺が帰らないなら詩も帰らないということで、実際何となくまだ帰りたくなさそうな言い方だった。ただみんなは帰るんだから、俺が帰らないと言えば、詩と二人きりで勉強することになる。それを望んでいた――と、思うのは流石に俺の考えすぎだろうか。たぶん自意識過剰なんだよな、さっきから。

「よーしっ！　家に向かって出発！」

元気よく星宮の背中を押して教室を出る詩の様子に、そんな素振《そぶ》りは見えない。やっぱり俺の気のせいか。そもそも詩がそんな深読みを要求するとも思えないし。

「うわー、もう真っ暗だね。なんか新鮮《しんせん》」

学校の玄関《げんかん》から一足先に出た星宮が言う。

「そうか？」

「まあ僕《ぼく》らは部活後に毎日見てるからね。夜の学校を」

「あー、そっか、そうだよね。文芸部はこんなに遅《おそ》くまで残ったりしないからさ」

ちょっとテンションが上がっている様子の星宮。こういう時に一緒になってはしゃぐはずの詩は、しかし普通に七瀬と話している。詩も夜の学校は見慣れているからか。

何だか星宮が少しだけ寂《さび》しそうに見えたので、俺は同意してみる。

「分かる。夜の学校ってなんか楽しいかも」

「だよね！　そうだよね！　やった、わたしの仲間がいた！」

どちらかと言えば俺の場合、新鮮というよりは懐《なつ》かしいという気持ちだが。

とはいえ、楽しいという気持ちに偽《いつわ》りはない。

それは、きっとみんなが一緒だからだ。

「せっかくだしミンスタにあげようかな」

星宮がスマホを上に掲《かか》げて、内カメラで撮影《さつえい》する。

「――って、ぜんぜん写ってないんだけど⁉」

「そりゃそうでしょ。この暗さじゃフラッシュたかないと」

星宮は正論を言う俺を可愛《かわい》く睨むと、その写真をそのままストーリーにあげる。

『みんなで夜の学校！　新鮮だな〜！　てか何も写ってない笑』

自分のスマホでミンスタを開いて、苦笑《くしょう》した。こういうのでもいいのか。まあミンスタは意味を求めるものでもないし、何だっていいのか。ちょっと面白《おもしろ》いし。

「ほら、門限あるんじゃなかったの？」

「そうだった！　こんなことしてる場合じゃないよ！　早く帰ろう！」

俺が指摘すると、はっとしたように歩き出す星宮。

なんかこう、いろいろと抜けているんだよな、星宮って。そこが可愛いんだが。

そんな風にほっこりしながら、俺たちはみんなで帰路に就《つ》くのだった。

＊

それから毎日、放課後は空き教室に集まって勉強した。

テスト前の一週間。月曜日から金曜日まで、みっちりと復習した。

課題さえ済ませたら特にやることのない俺はほとんど詩に付きっ切りだったが、とりあえずどの教科も赤点は免《まぬが》れそうなレベルにはなったので安心している。

怜太の様子を見る限り、竜也はまだ悪戦苦闘《あくせんくとう》中らしい。特に数学が苦手だとか。

週の後半は怜太の負担を見かねて、俺と七瀬も竜也に教えたが、確かにこの理解度でテストに挑むと痛い目に遭《あ》いそうだ。

そして金曜日の夜。すっかり暗くなった学校からの帰り道で。

「頼《たの》む、みんな！　休日も俺に付き合ってくれ！」

パンと両手を合わせて、竜也は俺たちに頭を下げる。

いつも強気な竜也の意外な様子に、俺たちは「おおー」と驚《おどろ》いた。

「いつになく必死ね？」

「何つーか……ちょっとだけ理解してきたから逆に危機感が増した、みたいな？」

「あー、分かる。分からない時はどのぐらい分からないのかも分かってないからなぁ」

何だかややこしい言い方になってしまった。

「赤点とかどうでもよかったけど、部活に参加できねえなら話は別だぜ……次からはきちんと授業聞いとくから、今回だけは面倒《めんどう》見てくれ！　ジュース奢《おご》るから！」

「あたしもまだヤバそうだから、みんなお願い！　タツがジュース奢るって！」

「いやお前は奢らねえのかよ。奢れやコラ」

「あー、ちょっとその、最近遊びすぎて金欠なんだよね……」

「勉強しろコラ」

そんな竜也と詩の様子に、俺たちは顔を見合わせて苦笑した。

「分かったよ。じゃあテストまで後二日。集まれる人はどっかで集まろうか」

「ジュースなんていらないから、それ自分で飲んで糖分補給してくれ」

友達が困っているのだから、もちろん協力する。

せっかく前回から引き継《つ》いだ知識だ。こういうのが正しい使い方だと思う。

「さっすがナツ！　優《やさ》しいね！」

「そんなことないだろ。でも、友達だからさ」

対価なんていらない。困っている時は助け合うのが友達だと思う。俺は友達なんてこれまでいなかったから分からないけど、みんなとそういう関係でありたいと思う。

「……ナツってたまに恥《は》ずかしいこと平気で言うよね？」

「え、そうか？」

詩の言葉に困惑《こんわく》する。

それはむしろ、みんなに対する俺の印象なんだが。

でも、そう見られてしまっているのはただの事実なんだろう。

「ご、ごめん。気持ち悪いかな？」

しょんぼりしながら謝《あやま》ると、詩は「ううん」と首を振《ふ》って、ずいと顔を近づけてきた。

「……あたしはナツのそういうところ、カッコいいと思うよ」

耳元で、甘《あま》い声音にささやかれる。

動揺《どうよう》して、思考が一瞬《いっしゅん》止まる。その間に詩はみんなのところに戻り、星宮に後ろから抱き着きながら会話していた。さっきの台詞を言ったことすら忘れてそうな様子だ。

冗談で俺の心臓を振り回すのはやめてくれよ……意外と小悪魔《こあくま》系か？　とか考えていたら、後ろから追い付いてきた竜也が急に肩を組んできた。

「仲良いな最近、お前ら」

「……教えてるからそう見えるだけじゃないか？」

どうなんだろうな。

実際よく分からないので、竜也に無難な返答をする。

「——詩のこと、好きか？」

「ええっ⁉　いやいや、全然そういうのじゃないぞ⁉」

竜也が声を潜《ひそ》めて尋ねてきたので、俺も控《ひか》えめな声量で驚きを返す。

「何だよつまんねえな。じゃあ星宮か？　それとも七瀬か？」

どう答えようか迷った。でも俺と竜也は友達だ。俺は昔から男友達と恋《こい》バナをするのに憧《あこが》れていた。だから、まずは俺が素直に話すべきだと思ってぼそぼそと喋る。

「……星宮、だよ」

「ほーう。なるほど、なるほど」

顎《あご》をさすりながらニヤニヤする竜也。

「そういう竜也はどうなんだよ？」

「……俺《おれ》か？　さて、お前はどう思うよ？」

逆に聞き返されたので、俺はこれまでの竜也の言行を振り返る。毎度毎度喧嘩《けんか》ばかりしている詩はないだろうし、星宮と七瀬も普通に絡《から》んでいる程度でしかないと思う。

「うーん……分かんないな」

「だろ？　じゃあそういうことなんだよ」

「えー、おい、自分だけ言わないのはズルくね？」

「つってもお前、実際そうなんだから仕方ねえだろ」

そんな風に言い合っていたら、詩がひょっこりと顔を出す。

「何の話してるの？」

「あー、詩には内緒《ないしょ》かな」

星宮が好きだということは、まだみんなに広めたくはない。星宮に伝わって避《さ》けられたりしたら嫌《いや》だし。というか、耐《た》えられない。その青春はしんどすぎる。

「えーっ！　なんで内緒なの⁉」

「悪いな詩、お前にはまだ早い。大人の話だぜ」

竜也もそれは分かってくれているのか、誤魔化《ごまか》してくれている。

「大人の話……って、もしかして、えっちな話？」

詩はちょっと照れたように目を逸《そ》らしながら、そんなことを尋《たず》ねてくる。

ぎょっとして、慌《あわ》てて否定しようとした俺を竜也が遮《さえぎ》る。

「ああ、そうだぜ？　小学生のお前にはまだ早いだろ？」

「だ、誰が小学生か！　確かに身長は小さいかもしれないけど……」

「おいおい、小さいのは身長だけか？」

だいぶ踏《ふ》み込む竜也を俺はヒヤヒヤしながら眺《なが》める。

きょとんとした詩は徐々《じょじょ》に意味を理解したのか、両腕で自分の体を抱く。

「この変態め！　それを言っていいのはあたし自身だけだよ！」

「悪いが、俺と夏希はそういう話をしてんだよ。ほら、早くどっか行け」

しっしっと動物を追い払《はら》うような仕草をする竜也。

詩は竜也と俺を順番に赤い顔で睨んでから、前方を歩く星宮たちに合流した。

……なんか俺、すごく巻き込まれてない？

「まあ実際、星宮、七瀬、超《こ》えられない壁《かべ》、詩って順番だろうな？」

「だろうな、じゃないんだよ……」

「バッカお前、男がそういう話をするのは当然だろうが。なぁ怜太？」

「僕は意外と七瀬さんは〝ある〟と見てるんだよね。パッと見は細身で普通ぐらいに見えるけど、着やせするタイプなんだと思う。まあ星宮さんは圧倒的《あっとうてき》だけど」

いつの間にか前を歩く星宮たちから俺たちの方に寄ってきていた怜太が、真面目な顔で語る。道幅《みちはば》的に全員が横並びになるわけにもいかず、帰り道は二、三人ずつぐらいに会話が分かれるんだよな……ってそれはともかく、怜太は真顔で何を言っているんだ。

「……ん？　夏希はそういうの興味ないのかい？」

「いや、そりゃぁまあ、興味がないわけじゃないが……」

「おい夏希、怜太にだけは言ってもいいか？」

一瞬何のことかと思ったが、俺の好きな人の話だろう。

ちょっと考えてから、

「まあ女性陣《じょせいじん》に言わなければ……言わないでくれよ？」

「分かってるって。心配すんな」

「何となく話が見えたけど、僕は口が堅《かた》い方だから安心してよ。竜也はともかく」

「竜也はともかくじゃ困るんだよなぁ……」

「――おい怜太、こいつ星宮の巨乳狙《きよにゆうねら》いらしいぜ」

「マジか。なるほどね。あそこには夢が詰《つ》まってるから、気持ちはよく分かるよ」

「あのな、別に俺は巨乳だから星宮が好きなわけじゃ……」

そんな風に弁明していたら、なんだか鋭《するど》い視線が向けられていることに気づく。

前を歩く女性陣三人が、冷たい目で俺たちを見ていた。

小さい声だったし今の会話の内容が聞こえたわけじゃないだろうが、詩がさっきの話を星宮たちに伝えたのだろう。星宮は頬《ほお》を膨《ふく》らませてから、再び背中を向ける。

「そういう話はよくないと思うなー」

「実際、陽花里は大きいから気になるのは仕方ないわね。私も気になるもの」

「唯乃《ゆいの》ちゃん⁉　さらっととんでもない発言しないで⁉」

「あ、あたしだって……あたしだって、ちゃんと牛乳飲んでるのにーっ⁉」

そんな詩の叫《さけ》びを聞いて、俺たち三人は目を見合わせて苦笑した。

竜也に巻き込まれたのだけは何だか釈然《しやくぜん》としないが、とても青春っぽい時間だったので仕方なく許すことにした俺。下ネタ耐性《たいせい》がなさすぎるのだけは改善したい。友達とそういう話を共有した経験がないせいか、何だか恥ずかしくなるんだよな。

＊

その翌日。土曜日。

俺はバイト先の喫茶《きっさ》マレスを訪《おとず》れていた。

カラン、と呼《よ》び鈴《りん》を鳴らしながら扉《とびら》を開く。

「お、来たね。もうみんな揃《そろ》ってるよー」

ぱたぱたと駆《か》け寄ってきた桐島《きりしま》さんは奥《おく》の席を指差す。

そちらに目をやると、詩が俺に気づいたのか大きく手を振ってきた。

休日はどこに集まって勉強するか、という話になった際、誰かの家とかファミレスとか図書館とか候補はいろいろ出たが、喫茶マレスが一番いいという結論になった。

誰かの家は六人で勉強するにはスペースがちょっと……って感じだし、ファミレスは休日に都合よく席が空いているとも思えず、図書館は雑談しにくい。そうなると俺と七瀬のバイト先であり、席の確保を頼んでおける喫茶マレスが丁度良かったのだ。

一応俺が店長に相談したが、快く受け入れてもらった。元々テスト期間は学生客が多くなるらしい。「ちゃんと飲み物を注文してくれるなら構わないよ」と笑っていた。

みんなの席に歩いていくと……ん？　何だか人数が多い気がする。

「おう夏希、遅いじゃねえか」

竜也がペンをくるくると回しながら声をかけてくる。

「悪い、電車が止まっちゃったんだよな……っていうか、何でお前がいるんだ？」

「何だよー？　私がいたら駄目なの？」

くすくすと意地の悪い笑《え》みを浮《う》かべているのは腐《くさ》れ縁《えん》の美織《みおり》だ。

「たまたまだよ。私たちも勉強しにきたんだから。ねー？」

美織は竜也たちの隣《となり》のテーブル席に座《すわ》っている。その対面には、いかにもギャルっぽい感じの金髪《きんぱつ》ピアスの少女が座っていた。彼女《かのじょ》は眠《ねむ》たげに頷く。

「そーそー。……つか美織、あんた友達多いね？」

「こいつに関しては同じ中学の腐れ縁ってだけだけどねー」

そんな二人のやり取りを聞きながら、俺は竜也たちと同じテーブル席に座る。

空いていたのは窓側の席の右端《みぎはし》。詩の隣で、右のテーブル席の窓側に座る美織とも隣《とな》り合わせる位置だ。……もしかして気を利《き》かせているつもりだろうか？

「ナツはミオリンの幼馴染《おさななじみ》なんでしょ？　だからここを空けておきました！」

得意げに腕《うで》を組む詩。

どうでもいいけど美織にも妙《みょう》なあだ名をつけているのか。

「なかなか余計なお世話だな……」

「なんで⁉」

正直、この面子でいる時に美織と関わりたくはない。

いくら協力関係とはいえ、昔の俺と見比べられるのは恥ずかしいのだ。

「ふーん？」

ほら、実際興味深そうに俺を見ている。勘弁《かんべん》してほしい。

その視線は無視することにして、俺はテーブルにノートを開いた。

「詩。今回のテストの要点と、詩が間違《まちが》えそうなところはまとめておいたから」

「えっ⁉　何これ、すごい！」

詩は俺のノートをぺらぺらめくりながら目を丸くする。

「だろ？　昨日の夜に作ったんだ。おかげで寝不足《ねぶそく》」

くあ、とあくびをする。この集まりに遅刻《ちこく》した理由も実は寝不足が大きい。

詩が苦手な部分はこの一週間でだいたい分かったから、そのあたりを分かりやすくまとめたのだ。作業に熱中していたら、気づけば深夜二時を超えてしまった。

星宮や怜太も興味深そうな様子で、

「ちょっと見てもいい？」

「全然いいよ。ていうか詩にあげるつもりだから」

「え、ほんと⁉」

「うん。だってこれ詩専用のまとめだし」

「あ、ありがとう……」

珍《めずら》しくか細い声音だった。

その間にも、星宮たちは俺のノートをぺらぺらとめくる。

「うわ……これ、すごいね。めっちゃ分かりやすい」

「いや、本当に。きちんと理解してないとこうは書けないよ」

二人がやたらと褒《ほ》めてくれるので、俺は頭をかく。

褒められるのは嬉しいけど、反応に困るんだよな。

何しろ、これまでの人生で褒められた経験が少ないからな……フフフ……。

「わたし専用のはないのかな？」

星宮が尋ねてきたので、俺は暗い思考を振り払いながら答える。

「作ろうか？」

とは言いつつも、特に作る必要はなさそうだ。星宮は国語と英語は得意だが、数学や物理が苦手。文芸部らしく典型的な文系という感じだが、理数系も基礎はできている。

「あはは、冗談《じょうだん》だよ。手間かけさせちゃうし。夏希くんにこれ以上やることが増えたら自分の勉強ができないでしょ？」

「ま、そうだな。詩の世話だけで手一杯《ていっぱい》だよ」

肩《かた》をすくめると、詩はしゅんとした様子で「ごめん……ありがとう」と言う。

冗談のつもりだったんだが、何だか調子が狂《くる》うな。

詩なりに俺の時間を奪っていることを気にしているらしい。

家庭教師時代はよく作っていたから、そこまで手間じゃないんだが。

「ナツがこんなに頑張《がんば》ってくれたんだから、ちゃんと結果を出さないと！」

詩はむんと胸の前で両拳《りょうこぶし》を作り、気合を入れてから勉強し始める。

「……あなたって中学の時、そんなに頭良かったっけ？」

「やかましい。受験勉強頑張ったんだよ」

「へぇー、それでみんなに教えられるレベルにまで……なるほどなるほど」

「……何か文句あるか？」

「別にー。ただ、面白いなって」

みんなの勉強を邪魔《じゃま》しないよう、俺と美織が小声で言い合っていると、

「やっぱり仲良いね？」

その様子を見ていたのか怜太が苦笑する。

美織は慌てて俺の顔を押しのける。人の顔を手でどかすな。

「そんなことないよー。ていうか、わたしは怜太君と仲良くしたいな？　あ、そうだ。分からないところあるんだけど、よかったら教えてくれないかなー？」

すすす、と美織は俺の対面の怜太のもとに椅子《いす》を近づける。

積極性が凄い。なんかもう、露骨《ろこつ》に仲良くなりたいアピールしている。

美織は怜太と肩を触《ふ》れ合わせながら、分からない問題を教えてもらっている。

「……お前って頭良くなかったっけ？」

確か中学の時は学年で一桁《けた》の順位から落ちたことなかったはず。

「え？　そりゃまあ、あなたよりは良いつもりだけど」

「その問題、本当に分からないのか？」

ちらっと見たところ、ごく普通《ふつう》の数学の問題だ。ややこしそうに見えるが、実は公式に当てはめて解くだけで、特に難しいところはない。

「えー、もちろん分からないから聞いてるんだよ（余計なこと言わないで殺すよ？）」

圧が凄いので触れるのをやめた。幸い（？）にも、怜太は美織が提示した問題を解いている最中で、俺たちの様子は気にしていないようだった。

美織が俺たちばかりと話しているので、一緒に来たはずの金髪の女子が放置されて可哀《かわい》想《そう》だなと思ってそちらを一瞥《いちべつ》すると、見た目に反して真面目に勉強を続けている。

むしろ話しかけにくいので、美織が俺たちに絡んでくる理由も少し分かる。

……いやまあ、理由の大半は怜太と仲良くなるためだと思うけど。

「ありがとー、怜太君。あなたのおかげで、ちゃんと理解できたかも！」

美織は笑顔で感謝を告げると、初期配置に戻っていく。

ほくほく顔で上機嫌な美織に俺は小声で尋ねる。

「……つーかお前、本当に偶然《ぐうぜん》なんだろうな？」

「失礼な。それは本当に偶然だよ。あなたたちの予定なんて知らないし」

「……まあ、そうか」

「それより協力してくれるんでしょ？　怜太君と仲良くなるきっかけ、作ってよ」

「俺が変に介入《かいにゅう》するより、自分で話した方が早いんじゃないか？」

「あんまりがっつきすぎるのも引かれるじゃん」

「すでにがっついているようにしか見えないけどな」

「だからあなたに、私が入れそうな流れを作ってって言ってるの。自然にね」

「無茶《むちゃ》ぶりだなぁ……」

高校デビューしたばかりの男に要求するレベルじゃない。

「ねえ夏希、ちょっといいかい？」

噂《うわさ》をすれば何とやら、怜太が難しい顔で声をかけてくる。

「どうした？」

「いや、そうだね。何といえばいいのか……」

怜太にしては珍しく歯切れの悪い様子に新鮮味《しんせんみ》を感じる。

「……僕、人に教えるの向いてないかもしれない」

「ああー、まあ、分からんでもないな……」

「その返答を聞くに、夏希もそう思ってたんだね……」

怜太はため息をつく。どうやら真剣《しんけん》に悩んでいたらしい。

まあ竜也への解説とかを聞きながら、ちょっとだけ気になってはいたんだよな。正直分かりやすくはないというか、あまり初心者向きじゃないというか。

さっき美織に教えていた時も、何だか要領を得なかった。怜太自身はあっさりと解いていたのに、だ。まあ美織はどうせ最初から分かっていたので大丈夫だったけど。

俺が思うに、たぶん怜太は天才型だ。雰囲気でだいたいの問題を解いてしまう。地頭がめちゃくちゃ良いのだろう。もちろん、それ自体は凄いことなんだが……。

「僕には、竜也が分からないところがいまいち分からないんだ……。何が分からないのか分からない……。全部簡単に見える……。僕が天才なのは分かっているけど、まさか自分の天才性に困ることがあるなんて……僕と竜也じゃ頭のレベルが違《ちが》いすぎるんだ」

「そこまで言う必要なくねえか⁉」

真剣に悩む怜太の毒舌《どくぜつ》に愕然《がくぜん》とする竜也。

「くそっ！　どうして僕はこんなに頭が良いんだ！」

「この世にこれ以上ムカつく台詞あるか？」

「あはは……怜太くんってこういうところあるよね。そこが面白いけどさ」

星宮が苦笑しながら呟《つぶや》き、場を和《なご》ませる。

「自信家のイケメン、いいよね……彼氏《かれし》にしたい……一家に一台……」

ぼそっとした美織の呟きは聞かなかったことにする。何だよ一家に一台って。

「だから夏希には悪いけど、もし詩がもう大丈夫そうなら竜也を手伝ってやってほしい」

七瀬に声をかけない理由は、自分の勉強に集中しているからだろう。

実際ここまで一度も会話に加わらずにペンを動かしている。凄い集中力だ。

「ああ、全然いいよ。ぶっちゃけ暇だし」

一応家で全教科復習したが、問題はなかった。

それにしても、教えるのが下手とは……。

普段《ふだん》から如才《じょさい》なく完璧《かんぺき》に見える怜太の意外な欠点だな。

そこで、いいことを思いつく。ちょっと美織に協力してやるか。

「――じゃあ怜太、席交換《こうかん》しようぜ」

「ん？　ああ、そうだね。その方が教えやすいか」

対面の怜太と席を交換した方が、隣の竜也に教えやすい。

それによって怜太が俺の席に来れば、隣の美織が話しかけやすくなるだろう。

ナイス！　という顔の美織に苦笑しながら立ち上がろうとする俺。

「……あー、いいよ夏希。怜太に十分教えてもらったし、後は自分で何とかする。まあ確かに分かりやすくはなかったが、教えてくれた奴《やつ》を責めるのもおかしな話だ」

竜也はそれだけ言って勉強に戻る。

……もしかして、怜太に気を遣ったのか？

ともあれ意志は固そうだったので、俺は座り直した。

美織は不満そうだったが、この流れだと仕方ない。

俺と怜太は顔を見合わせて苦笑すると、自分の勉強に戻る。

「あたし、ちょっとトイレ！」

詩がそう言って離席《りせき》した。そのタイミングで、美織が「ねぇねぇ」と耳元に顔を寄せてくる。何かと思って振り向くと、美織はトイレに向かう詩の背中を眺めていた。

「知ってる？　最近の詩、あなたの話ばっかりするんだよ」

美織は俺以外の誰《だれ》にも聞こえない程度の音量で、ささやいてくる。

「……そういやお前らって同じ女バスか」

「そうそう、部活後はいつも一緒に帰るんだけどね。最近はほんとに、恋する乙女《おとめ》って感じになりつつあるかも。あなたがどんな手品を使ったのか知らないけど」

「からかうのはやめろよ」

「からかってなんかないけどなー」

そりゃ多少仲良くなったとは思うが、恋愛《れんあい》的に好かれるようなことは何もしてないし、そんな素振りに心当たりもない……いや、それはなくもないが、詩は人との距離が近いところがある。美織も、それを大袈裟《おおげさ》に言っているだけだろう。「なりつつあるかも」なんて曖昧《あいまい》な言い方だし。「前向きに検討する」並に信じられないぞ、その言葉。

「これはあなたの協力相手としての提案だけど、今なら、多分あなたと詩をくっつけられるよ？　どうする？　それとも、狙《ねら》ってるのは詩じゃない？」

美織の甘いささやき声で、思わず迷ってしまう。

ごくりと唾《つば》を飲《の》み込《こ》む。

——佐倉《さくら》詩は、可愛い。学年でも五指に入るだろう。

背が低く幼い見た目も、本人は気にしているが、愛らしいと思う。

それに性格面もいつだって元気で明るく、その姿に俺も励《はげ》まされる。

そんな詩ともし付き合えたなら、どんなに幸せだろうか。

「ナツ？」

まさに妄想《もうそう》の当人から声をかけられ、体がびくっとしてしまう。

「お、おう詩。戻ったのか」

「……ミオリンとばっかり話してるね？　二人で何話してるの？」

詩にしては、妙に低い声音《こわね》だった。

なんと答えたものか。

まさか君の話だと言うわけにも……いや、それもありか？

「えっと、詩の話をしてたんだよ」

「あ、あたしの？」

「うん。部活中の詩の様子はどんな感じなんだろうって気になって」

……なぜか視界の右端で美織が親指を立てていたが、気にしないことにした。

「ふーん。そっか、そうなんだ。なら、いいけど」

唇《くちびる》を尖《とが》らせていた詩は、それを聞いて俯《うつむ》き気味の顔を横に逸らす。

詩は表情豊かなので感情を読み取りやすいが、顔を逸らされると何も分からないな。

「それで、どこが分からないんだ？」

「あ、うん。ここがね、もらったノートに解説はあったんだけど——」

物理の応用問題を詩に解説していく。

この問題をここまで解けるということは、基礎《きそ》をきちんと理解したということ。一週間前に比べたら相当な進歩だ。一番苦手な物理でこれなら、もう心配はないだろう。

＊

それから昼食を済ませて再び勉強し、やがて夕方になった。

「明日はどうする？」

「あー、悪いけど俺バイトなんだよな」

「え、ほんと？　明後日《あさって》からテストなのに？」

「ここのバイトって学生主体だから、この時期は人足りないみたいでさ」

星宮が小首を傾《かし》げるので、俺は事情を説明する。

特に勉強に不安はないという話をしたら、店長に頼まれたのだ。

「ナツがいるなら、明日も来ていい？　あたし、家じゃ集中できないんだ」

「いいけど、バイト中だから教えたりはできないぞ？」

「そこは大丈夫《だいじょうぶ》！　このノートがあるからバッチリだよ！」

天にピースサインを掲げる詩。

その様子に俺は苦笑しながら、みんなを見回す。

「他のみんなは？」

「——俺はいい。ひとりでやるぜ」

「わたしも遠慮《えんりょ》しようかな。あんまり外で勉強すると親がうるさいから」

「そうね。テスト前最後の日だし、私も家で勉強するわ」

「じゃ、僕もそうしようかな。ぶっちゃけお金もあんまりないし」

と、口々に言った。

竜也が妙に硬質《こうしつ》な声音だったことだけが、少しだけ気になった。

……勉強で上手《うま》くいかずに苛々《いらいら》しているのだろうか？

何にせよ、触れない方がよさそうだ。

その日はそれから解散の流れになった。

美織たちも同じタイミングで切り上げたので、一緒《いっしょ》に帰りの電車に乗る。

——そうなると、必然的に。

「そりゃまあお前と二人になるよな。俺たちが一番遠いんだから」

「む、不満なの？　こんなに可愛い女子高生と二人きりで帰っているのにー。ほら、昔のあなたみたいな人たちが羨《うらや》ましそうにあなたを見てるよ？　どう？　気持ちいい？」

「俺にも周りにもとんでもない罵《ば》倒《とう》だぞ、お前……」

「まあ今日ずっと観察してたけど、なかなかいい感じじゃん、夏希」

「そうかよ。ていうか勉強しろよ」

俺の話を聞いているのかいないのか、美織は勝手に話を続ける。

「あなたが、その……何だっけ、虹色《にじいろ》の青春を掴《つか》むための作戦？　灰色から虹色に変える計画？　みたいなものの手段として高校デビューを決めたって話は聞いたけどさ」

「……改めて人の口から聞かされると恥ずかしいからやめろよ」

顔がちょっとだけ熱くなる。そんな俺を見て美織は意地悪そうに笑うと、

「よし、じゃあ虹色青春計画と名付けよう！」

元気よく言った。

人を弄《いじ》る時が一番楽しそうな女だ。なんて性格の悪い。

まあ俺も、俺の現状にピッタリな名称《めいしょう》だと思ってしまった。認めるのは癪《しゃく》だが。

「さてさて、とにかく、だよ？　夏希」

「何だよ？　改まって」

「これはお節介《せっかい》というか、単なるアドバイスなんだけど」

眉《まゆ》をひそめると、美織は俺の鼻先に人差し指を突《つ》きつけてくる。

「――私の目には、あなたの計画に問題が発生してるように見えるよ？」

＊

美織はその後、「自分で考えなさい」と言ってさっさと帰ってしまった。

くそ、あいつめ。意味深な台詞《せりふ》だけ残しやがって……。気になるじゃないか。あるいは俺を困らせたいのかとも思ったが、あいつは無意味なことは言わないタイプだ。

となれば俺の計画に何らかの問題が発生していることになるが、心当たりはない。

家に帰り、ベッドに寝転《ねころ》がりながら美織の言葉の意味を考える俺。

しばらく天井《てんじょう》を眺めて悶々《もんもん》としていると、枕元《まくらもと》のスマホが軽く音を鳴らした。仰向《あおむ》けの
仰向《あおむ》けの体をうつ伏《ぶ》せに転がしながらスマホを手に取ると、RINEの通知が来ている。

送り主が星宮だと気づき、慌ててロックを解除してRINEを開いてから、ちょっと既読《き》つけるの早すぎたかな……と後悔《こうかい》する。待ってたレベルの速度になっちゃった。キモがられないか心配になる。いやいや、こんな程度でキモがられるはずが……と理屈《りくつ》では分かっていても、女子とのRINEはなんかいろいろ気になっちゃうな。

『今何してる？』

星宮からのRINEは、そんな質問だった。

『家に帰って、ベッドでごろごろしてた』

とりあえず本当のことを返信すると、すぐに星宮から既読がつく。

『わたしも笑』

俺はとりあえず『何か用？』とチャットしようとして、踏みとどまる。本音ではあるんだけど、めちゃくちゃ冷たく見えるな……。でも実際、何の用なんだろう。

特に用もないのにRINEしてくれたなら、それぐらいには仲良くなっている証なので単純に嬉《うれ》しいけども。などと考えている間に、星宮が再びチャットしてきた。

『今、電話できる？』

………。その言葉の意味を、咀嚼《そしやく》するのに十秒ほどの時間を要した。

電話⁉　俺が、星宮と⁉　なんで急に⁉

いやいやだって、そんなの、もう、恋人《こいびと》じゃん（どういう理屈？）

俺が混乱していると、星宮からのチャットが続く。

『ぜんぜん今じゃなくてもいいけど！』

しまった。既読をつけたまま混乱していたせいで渋《しぶ》っていると思われたのか。痛恨《つうこん》のミスを嘆《なげ》いている場合じゃない。俺は慌ててチャットを打つ。

『できるよ！』

そう返信してほっとしていると、次の瞬間《しゆんかん》には星宮から電話がかかってきた。

ちょっと心を落ち着かせる余裕《よゆう》をくれと思いながらも、電話に出る。すでに、心臓はばくばくと荒《あら》い音を鳴らしていた。緊張《きんちよう》に気づかれないよう、ゆっくりと声を出す。

「もしもし？」

『こんばんは、夏希くん』

「あ、ああ……こんばんは」

『ふふ、さっきぶりだね』

くすくすと笑う星宮。耳元から星宮の声が聞こえるせいで俺は笑うどころじゃない。

マジで星宮の声、良すぎない？　耳に心地《ここち》よすぎる。

またオウム返しになってしまった。トーク力があまりにもなさすぎるな……。

「ああ、さっきぶり」

『もう夕ご飯は食べた？』

「まだ。母親の帰りが遅《おそ》くてね。めっちゃお腹空《なかす》いたよ」

時計を見ると、すでに八時を回っていた。

食《た》べ盛《ざか》りの高校生としてはとても辛《つら》い。自分で何かを作ってもいいんだが、母さんの趣《しゅ》味《み》は料理なので、憩《いこ》いの時間を奪《うば》いたくはなかった。

『そうなんだ。わたしはもう食べたよ』

「いいな。何食べたの？」

『今日はねー、ハンバーグでした！』

星宮の弾《はず》むような声音に、俺の心臓も揺《ゆ》らぐ。

「へぇー、お母さんの手料理？」

『うん！　ママ忙《いそが》しいから、たまにしか作ってくれないんだけど、いざ作ると美味《おい》しいんだよねー。ちょっと食べすぎちゃったから、太らないか不安になってる』

星宮、母親のことをママ呼びするのか。可愛《かわい》いなぁ。

母親が忙しいってことは、共働きなのかな？　門限の厳しさとか、育ちが良さそうな雰《ふん》囲気《いき》を見るに、良家のお嬢様《じょうさま》なのかなぁとか考えていたけど。

「星宮は細いから心配ないでしょ」

『見た目はそうかもしれないけどねー、実は結構ヤバいの！』

ヤバいよーという呟きと共に、ばさばさと音が鳴る。ベッドを転がっているのだろう。

「そうかなぁ」

デリケートな話題だけにどこまで踏み込んでいいのか分からず、曖昧な返答になる。

『そうなの。夏希くんは細くていいなぁ。それに筋肉もあるし』

「筋トレぐらいしかやることないんだよ」

『急に悲しいこと言わないでよ。そんなことないでしょ？』

「実際、帰宅部ってバイト以外じゃそんなにやることないからなぁ」

必然、自己研鑽《けんさん》がメインになる。オタク趣味をやるにも七年前の世界だからなぁ。

『まあ、そうだよね。普段は家に帰って何してるの？』

「適当にユーチューブ見たりとか、ゲームしたり、後は筋トレかな」

『あはは、わたしもそんな感じ。筋トレも始めようかなぁ』

「筋トレはいいぞ」

筋肉は俺《おれ》を裏切らないからな。筋肉だけは無条件で信じられる。

「あー、でもムキムキの星宮は別に見たくないなぁ」

『そこまで鍛《きた》えないよ⁉　でも今のままだと貧弱《ひんじゃく》すぎるんだよ。わたし、腕立《うでた》て伏《ふ》せとか五回で限界かも』

「そこまで？」

と軽くツッコみはするが、かつての俺もそうだったので笑えない。

『せーのっ！　いち、に、さんっ……』

なぜか急に大きな声が聞こえたと思ったら、腕立て伏せを始めたらしい。

「頑張れー」

『よ、ん……んぅ……っ！』

あの。ごめん。前言撤回《てっかい》します。

ちょっと変な気持ちになるので、やめてもらっていいですかね……？

『ぷはっ、はぁ、はぁ、ぜんぜん駄目《だめ》だよぉーっ！』

耳元から荒い吐息《といき》が聞こえる。心臓を無駄《むだ》に暴れさせないでほしい。

『昔はもうちょっとできたんだけどなぁ。ていうか、お風呂《ふろ》入ったのに汗《あせ》かいちゃった』

そ、そっか。今の星宮、お風呂上がりなのか……。

………。

これ以上は心臓が持ちそうにないので、俺は本題を聞いてみることにした。

心臓さえ持つなら、無限に雑談したかったんだけどな……。

「ていうか、急に電話って何かあった？」

『……。えーっとね、別に、大したことじゃないんだけど』

尋ねると、星宮は急に静かになる。言葉を選んでいる様子だった。

星宮の声のトーンが一段下がる。どうやら真剣な話題らしい。やけに雑談をしたがっていたのは本題に入りたくなかったからか？　とはいえ、心当たりはない。

『夏希くんはさ、最近の竜也くんのこと、どう思う？』

「どうって、何が？」

聞かれたのは、完全に予想外の内容だった。

竜也がどうかしたのか？　というか、なぜ竜也のことを気に掛《か》ける？

『んー、なんか、ちょっと落ち込んでいるように見えて。気のせいだったらいいけど、もしかしたら、男子なら何か知ってるかもと思ってさ』

「竜也が落ち込んでる……？」

機嫌《きげん》悪いのかな？　って時は何度かあったが、気分屋なのは元からだろう。

「そうは見えないけどなぁ。心当たりもない」

と答えつつも、俺の心には別の不安が過《よぎ》っていた。

「……星宮は、もしかして竜也のことが気になってたりする？」

『え、どういう……ええっ⁉　ち、違うよ！　わたしはただ、純粋《じゅんすい》に心配になって……』

星宮の驚《おどろ》きは、そんな考えなど露《つゆ》ほどもなかったという感じに聞こえる。

「そ、そうだよねごめん。それなら良かった」

『……それなら、良かった？』

安堵《あんど》の息とともに吐《は》いた失言に気づき、思わず声が上ずる。

「あ、ああ、えーと、単にほら、そこで気を遣《つか》う必要があるのかなとか思って」

いまいち自分でも何を言っているのか分からない言い訳に、なぜか星宮も上ずった声で応答する。

『そ、そういうことなんだ！　そうだよね！　あはは、なんか勘違《かんちが》いしちゃった』

「ま、まあとにかく、俺の目にはいつも通りに見えるよ」

こほんと咳払《せきばら》いして、どきどきと慌《あわ》ただしい鼓動《こどう》を落ち着かせながら言うと、

『……うーん、じゃあ、わたしの気のせいなのかな？』

星宮は少し悩《なや》まし気《げ》な口調だったが、ひとまずは納得《なっとく》したようだった。

それから少しテストについて雑談した後、通話を切った。

星宮の言葉は気にかかるが、この時期の竜也が落ち込む要素はないはず。まあテスト勉強は苦しいだろうから、そのせいで落ち込んでいるように見えたのかもしれない。

気づいたら時刻は九時に迫《せま》っている。リビングに向かうと、俺の分の夕食にラップがかけられていた。料理の前の紙切れには、『女の子との電話、頑張ってね♡』と母さんからのメッセージが書かれていた。余計なお世話だよ……。

*

その翌日は詩と会話しながらバイトをこなし、ついに三日間の中間テストを迎《むか》えた。

テスト当日は勉強会なども特にやらなかった。

いくら真面目にやるつもりでも、雑談混じりにはなっちゃうからな。

それに、なぜか竜也がさっさと帰ってしまう。

本人は「テストに集中したい」と言っていたが、流石《さすが》に様子が気にかかるよな。

星宮の言葉と、美織の言葉が脳内にフラッシュバックする。

何か動くべきか？　でも、竜也の様子がおかしい理由が分からない。

分からないのに、変に動くべきじゃないとも思う。

まあ時期が時期だし、本当にテストに集中したいのかもしれない。

考えているうちに時間は過ぎ、三日目が終了《しゅうりょう》する。

テスト自体は何の問題もなく、すらすらと解けた。

もしかして全部満点じゃないかと逆に不安（？）になるレベルだ。別に勉強を頑張ったつもりはないんだが、詩に教えることで意外にもちゃんと復習になっていたのか。

「終わったーっ！」

最後の数学が終わり、テスト用紙が回収されると、詩は大きく伸《の》びをした。

俺も詩に教えた立場として出来を尋《たず》ねる。自分の結果より気になるな。

「どうだった？」

「ナツのおかげで、結構できたよ！」

そうか、と安心する俺。この様子なら少なくとも赤点はなさそうだ。

「それにしても、もう疲《つか》れたよー。しばらく勉強はいいや」

「こら、普段の授業をちゃんと聞くって話はどこにいったんだ？」

担当講師（？）として詩を叱《しか》っていると、星宮が会話に交ざってくる。

「あはは、でも、わたしもその気持ち分かるな。一週間ぐらいは解放されたい」

「一週間も休んだら授業についていけなくなりそうね……」

「唯乃ちゃん！　今は正論はいらないの！」

放課後になったので、いつものグループのメンバーが続々と集まってくる。俺と詩と怜太が縦一列に座っているから、必然的に他三人はここに集まってくるんだよな。

「――お、竜也。どうだった？」

竜也が難しい顔で近寄ってきたので、俺は問う。

「んー……まあ、赤点は避《さ》けられた、と思いたいが」

手応えがないわけじゃないが、あったとも言い難いって感じか。

だとしたら、この表情にも納得がいく。悲観するほどじゃないが、バスケに力を入れている竜也としては赤点を取って部活停止になる不安も十分に残っているからだ。

「まあ終わっちゃったことを悩んでも仕方ないし、気楽にいこうよ！」

「……楽観的なお前が羨ましいぜ」

「何をーっ!?　あたしはタツを励まそうとして――」

「――ま、確かにそうだな。ありがとよ」

竜也は目尻《めじり》を緩《ゆる》めてそう言った。珍しく、素直《すなお》な感謝だった。

「にしても、部活再開は明日からだし暇《ひま》だな」

「別に今日からでもいいのにね？　あたし、バスケしたいよー」

「他の学校はテスト終了日《しゅうりょうび》は部活再開するところが多いみたいだけどね。なんか前日、前々日の徹夜《てつや》のせいで、終了日の部活中に何人か倒《たお》れてから停止になったらしいよ」

「それ、自業自得《じごうじとく》だろ……？」

　怜太が披露《ひろう》した豆知識に苦笑《くしょう》する。

「実際、僕《ぼく》としてはありがたいけどね。テストが終わったんだから半日ぐらいはリフレッシュしたいし。しばらくやってないから部活もやりたいけど、疲れるから」

「よーし、じゃあみんなでカラオケ行こうよ！」

　詩がなぜか天高くに人差し指を掲《かか》げながら、笑顔《えがお》で告げる。どうやらテスト終了でいつも以上にテンションが上がっているらしく、声も元気いっぱいだ。

「いいね。俺は行きたいな」

　ヒトカラなら大学時代にハマって通い詰《つ》めたが、友達と行ったことはない。ちょっとワクワクしてきたな。ぜひともみんなでカラオケに行ってみたい。

「じゃあ僕も行こうかな」

　と怜太が頷《うなず》いて、視線を星宮と七瀬に滑《すべ》らせる。

「おっけー！　わたしも行く！」

「……大丈夫？　陽花里あなた、音痴《おんち》だったわよね？」

「うるさーい！　音痴にだって歌う権利はあるの！　歌は好きなの！」

「え、ほんと？」

「詩ちゃんのことじゃない！　いや詩ちゃんも好きだけど、ややこしいよ！」

いくら詩でも分かっていてボケたのだろう、からからと笑う。

「……ていうか星宮、歌まで音痴なのか」

「そこ！　までとか言わないでよ！　こっちは気にしてるの！」

星宮が頰《ほお》を膨《ふく》らませる。うむ、可愛い。

そうして五人が頷いた今、みんなの視線は竜也に向けられる。

詩は竜也の近くに駆《か》け寄ると、背の高い竜也を下から見上げる。

「タツも、一緒に行こ？　ひとりで落ち込むより、気晴らしに歌った方が楽しいよ！」

「……まあ、そうかもしれねえな」

竜也は苦笑し、行くことを決めたようだった。

何だか元気がないのは事実だが、めちゃくちゃ様子がおかしいってわけでもない。原因だってはっきりしている。とりあえずは時間の経過に任せてみるか。

人によると思うが俺の場合は落ち込んだ時、放っておいてほしいタイプだからな。

心配されるのは嬉しいが、構われると鬱陶《うっとう》しい。

だから、人にやられて嫌《いや》なことは自分もしないようにするべきだろう。

まあ俺に構ってくれる友人なんていなかったが……。

＊

——というわけで、俺たちは駅前のカラオケ店で歌っていた。

みんなテスト明けのせいか、テンションが高い。

あの七瀬すらノリノリだ。何なら流行《はや》りのアイドル曲を振《ふ》り付けまで再現している。

「お、おおー……」

「すごいね……シンプルにすごい」

流石に歌い終わった後は恥《は》ずかしそうにしていたけど。

七瀬はアイドルが好きらしい。意外……でもないような気がしてきたな。

「わー、流石《さすが》唯乃ちゃん！　次わたしだね！」

颯爽《さっそう》と立ち上がる星宮。

星宮がマイクを持つと本物のアイドルに見えるな。容姿がアイドル向きすぎるし、なんかきらきらしたオーラを振りまいている気もする。いやこれは流石に幻覚《げんかく》だろ。

「～♪」

星宮の可愛らしい声から飛び出す何とも言い難い音程に苦笑する。まあでも、本人が楽しそうなら何でもいいだろう。別に、歌の上手さを競《きそ》っているわけでもない。

とはいえ、俺はどうせなら上手いと思われたいが。星宮にいいところを見せたい。

「じゃあ、次は僕だね――」

みんな流行りの曲を適当に入れて順番に歌い上げていく。曲によってはデュエットになることもあったが、主体は曲を入れた人にあるようで順番は変わらなかった。

俺は最初歌わず、何歌うか迷っているふりをしながら、しばらく観察していた。

……なるほど。これが集団カラオケのルールか。特に何も話し合っていないのに、自然にそういう流れになっている。みんなにとってはこれが常識なんだろう。

歌の上手さは詩、七瀬、怜太、竜也、星宮って感じだな。

星宮以外は普通に上手いが、驚くほどじゃない。もし採点をつけていたら九十点から八十点かな。ヒトカラで採点ばかり眺《なが》めていたから無駄に詳《くわ》しくなった。

陽キャ集団のカラオケってみんなプロ級なのかもしれないと密《ひそ》かにビビり散らかしてい

たが、流石に違った。これなら俺が歌っても馬鹿にはされないだろう。

それよりも選曲の方が問題だな。単純に流行りの曲を聞いていないのもあるが、そもそも俺からしたら全部七年前の曲なので、当然だけど感覚的には趣味が古く見える。

結局、最近は元々好きな邦ロックバンドを繰《く》り返し聞いていた。どちらかと言えばマイナーなバンドだが、詩が最初に歌ったロックもメジャーとは言い切れない。だから多分問題ない……と思うんだが。と、デンモクの選曲画面で迷っている俺。

そもそも知らない曲だからって露骨《ろこつ》に萎《な》えるような面子《メンツ》だとは思わない。ただ、俺が最初に歌う曲なので慎重《しんちょう》に行きたい……と思っていたら順番が来てしまった。

俺の前だった竜也が歌い終わったので、慌てて曲を入れる。

「あはは、ナツ入れるの遅いよ！」

「いやー、ちょっと何歌うか迷ってさ……」

そんなわけで一周目の最後は俺だ。

モニターに表示された曲名を見て、詩が目を瞬《またた》かせる。

「え、アレキじゃん⁉　趣味合うねナツ！」

やっぱり詩とは音楽の趣味が合いそうだ。うわ、立ち上がったらみんなの注目が刺《さ》さる。

「あたしもこの曲好きなんだよね、一緒に歌ってもいい？」

詩が二本目のマイクを手に取りながら聞いてくる。

断られるとはまったく思っていない行動だよなと内心で思い、苦笑する。

「おー、全然いいよ。ひとりじゃ緊張するし」

むしろ一緒に歌ってほしい。陰《いん》キャに五人の注目は厳しいものがある。そもそも他人の前で歌ったことがないので緊張している。視線が分散するならありがたい。

「あはは、カラオケ初心者か！」

むしろ熟練者のつもりだが、確かに集団カラオケは初心者だ。

「もしかして、歌に自信ない？」

ニヤニヤと笑う詩に、「さてな」と曖昧に答える。

……どうなんだろうなぁ。カラオケの採点機能を信じるなら、別に下手じゃないと思うんだが。でもネットで歌の上手さに採点は関係ないって書いてあったからなぁ。

とか考えていたら歌が始まった。緊張のせいか頭が真っ白になる。

——とにかく全力で歌った。

＊

歌い終わって一息つくと、なぜか場は静まり返っていた。

もしかして何かやらかしたか？　理由は分からないが、場の空気を凍《こお》らせてしまったのは間違《まちが》いない。というか、途中《とちゅう》から詩も歌うのをやめて座《すわ》っている。何でだろう？

とにかく謝《あやま》ろうと思って頭を下げる直前。

「す……凄すぎ！　ナツ、上手すぎ！」

「え？」

「あたし迷惑《めいわく》かなと思って座っちゃったもん！」

「い、いや、むしろやめないでほしかったんだけど！　緊張するし！」

「その上手さで緊張って、もう嫌味《いやみ》でしょ」

怜太が苦笑する。

「いやー、上手かったね。わたし、余韻《よいん》に浸《ひた》っちゃったな」

星宮が満足そうな顔で笑っている。

「……推《お》せるわね」

アイドル好きの七瀬が何やら不穏《ふおん》な一言を呟《つぶや》いている。もしかして男アイドルも好きなのか？　何にせよ、七瀬を推している俺としてはやめてほしい。推し合いは嫌。

「お前、男のくせによくあんな高い声出せるな……」

竜也は純粋に驚いた目で俺を見ていた。

まあファルセットやミックスボイスはひたすら練習したからな。ヒトカラに通って裏声を鍛え、誰に聞かせるわけでもないのに録音して修正を重ねた日々を思い出す。

「えーと、まあ、このぐらいはな……」

何と答えればいいのか分からず、微妙《びみょう》な返答になってしまった。

どうやら下手すぎて凍り付いていたわけではないらしい。いや、流石に自分でもそこまで下手なわけがないと思っていたけど、実際に空気が凍っていたので、俺の音感がとんでもなく常人と異なる可能性を考慮《こうりょ》してしまった。焦《あせ》らせないでほしいぜ。

意外と上手いから驚いていたって感じか。

よかった、と胸を撫《な》で下ろす。めちゃくちゃ緊張した。

「ねえナツ！　ナツの歌、もっと聞きたいな！　これとか歌える⁉」

詩がデンモクの画面を俺に見せるため、体を寄せてくる。

その画面に表示される曲名は、俺も好きなバンドの有名曲だった。

「おおー、いいね。詩も一緒に歌おう……って、なんかこれダジャレみたいだな」

「やかましい！　ていうか、いいの？　あたしそんな上手くないけど、迷惑じゃない？」

「そんなわけないって。みんなで歌った方が楽しいでしょ？　盛り上がるし」

それはただの本音だった。ひとりで歌うより、みんなで歌った方が楽しいな。集団でカラオケするのが初めてだから、新鮮《しんせん》さのせいでもあるんだろうけど。

「じゃ、じゃあ……これとか、これとかも歌える?」

詩がデンモクに表示するのはメジャーとは言い切れないレベルのロックバンド。俺もよく聞くバンドだが、たぶん星宮たちは知らないだろうなって感じがする。

「やっぱり詩とは趣味合うな」

「だよねーっ！　そういえば音楽の話とかあんまりしなかったもんね！　ロックの話できる友達あんまりいないから、楽しくなってきたぜ！　いえーい！」

テンションマックスの詩は肩《かた》でどついてくる。なんか良い匂《にお》いするし、女の子らしい感《かん》触《しょく》が気になるからやめてほしい。これボディタッチされる度《たび》に思ってるな……。

ともあれ、俺も詩と同じ気持ちだ。

好きな音楽を友達と話せるのは純粋に楽しい。

「よ、よーし、全部歌っちゃおうぜ」

「……うんっ！」

ワクワクしてきたので詩に笑いかけると、詩も満面の笑《え》みで頷く。

＊

それからは俺と詩の順番が回ってくる度に、デュエットしてノリノリで歌った。
みんなは知らない曲だろうが、テンションを合わせてくれて嬉しかった。
みんなの反応から、俺も徐々《じょじょ》に俺の歌唱力に自信が出てきたし。
どうやらお世辞じゃなく、俺は本当に上手いと思っていいらしい。
まあ、あれだけ練習したからな……。
カラオケの採点なら九十七点までは出したことがある。
なんだ、採点も意外と信用できるじゃないか。
詩との距離《きょり》が近づいている感覚もある。
友達と今よりも仲良くなれるのは、嬉しいことだ。

——楽しいな。ああ、本当に楽しい。
これが俺の望んでいた虹色の青春なんだと実感する。
大好きな友達が五人もいて、その中には好きな女の子もいて。
俺と一緒に遊んでくれて、笑いかけてくれる。俺のことを好いてくれている。

夢のような日々だった。

こんな日々を望んでいた。

こんな日々に、憧《あこが》れていた。

だからあの日、神様に願った。

灰色だった青春をやりなおして、虹色に書《か》き換《か》えたいと。

それは、何もかも上手くいっている。

順風満帆《じゅんぷうまんぱん》とはこのことを言うのだと体感した。

そりゃ完璧《かんぺき》な振る舞《ま》いなんて、なかなかできないけど。

きちんと身嗜《みだしな》みを整え、ランニングで肥満を直し、筋トレで運動能力を鍛え、笑顔などの表情を練習し、今時のファッションを学び、みんなの会話に溶《と》け込《こ》めるよう試《し》行錯誤《こうさくご》を重ね、勉強も教えられるようにきちんと復習し、そうやって俺は今ここにいる。

相当な努力はしているつもりだった。

だから、今この幸せも受け入れることができる。

灰色少年の虹色青春計画は、完璧に進んでいるのだと確信した。

その時だった。

「──悪い、お前ら。俺、やっぱり先に帰るわ」

唐突《とうとつ》な言葉だった。

ちょうど俺と詩の曲が終了したタイミング。僅《わず》かな静けさの隙間《すきま》を貫《つらぬ》くように、硬質な声音《こわね》が幸せに満ちた空気を切り裂《さ》いていく。声の発生源は、竜也だった。

場の空気が凍る。

いったい、どうしたんだ？

竜也の顔に目をやると、取り繕《つくろ》ったような笑みを浮《う》かべた。

「……楽しんでくれよ」

それだけ言って、竜也はカラオケ店の一室から出ていった。止める間もなかった。

沈黙《ちんもく》が落ちて、みんなで目を見合わせる。

星宮が歌う順番だったが、流石に歌う空気でもないのか、マイクを置く。それでも曲は止まらないので、場違《ばちが》いに明るいメロディが空虚《くうきょ》に流れていく。

「……どうしたんだろうね？　タツ」

詩が心配そうに呟いた。星宮も難しい顔で、

「うーん、らしくない……っていうか、確かに最近なんか暗かったけどさ」

それは俺も気になっていた。

というかまあ、みんなが気になっていたことだろう。

テストのせいだと思っていたが、本当にそうなんだろうか？

あの大雑把《おおざっぱ》な竜也が、テストを失敗したぐらいでそこまでへこむか？

しかし他に思い当たる要因もない。だったら、直接聞いてみるしかないか。

「——俺、行ってみるよ」

呟いて、立ち上がる。

竜也は友達だ。友達になると決めた。

もし何か悩んでいるのなら、力になりたい。

「待ってくれ、夏希……」

険しい顔で、怜太が俺の肩に手を置いた。

この部屋を出ようとしていた俺の体が止められる。

「怜太？」

「…………いや、ごめん。もしかしたらそれが、一番早いかもしれないな」

何だか要領を得ない呟きだった。

とにかく、別に止める気があるわけじゃないらしい。

だったら急がないと。流石に自転車に乗られたら追い付けないからな。

＊

駐輪場《ちゅうりんじょう》の手前で、竜也に追い付く。

俺の声を聞いて、竜也はゆっくりと振り返った。

夕暮れの日差しが、逆光で竜也の表情を隠《かく》し、影《かげ》を長く伸ばした。

「……夏希。何だよ？」

「何だよってことはないだろ。様子がおかしいから、心配して──」

「──大丈夫《だいじょうぶ》だ。マジで、気にしなくていいぜ」

俺の声を遮《さえぎ》るように竜也が言う。

口調はいつも通りでも、声音が平坦《へいたん》だ。そこに宿る感情を読み取れない。

「もしかして、怒《おこ》ってるのか？」

「……怒ってねえよ、別に。何か、俺が怒る心当たりでもあんのか？」

「……ない、けど。そう見えるから聞いてるんだ」

ピリついた雰囲気。

まるで、一言でも間違えたらいけないかのような。

淡々《たんたん》とした言葉のやり取り。感情の読めない表情、声音。不機嫌《ふきげん》を押《お》し殺していること

ぐらいは俺にだって分かる。その目に宿る激情を隠せていなかったから。

「夏希。悪いが、今日は俺に構うな」

嫌な予感がする。

竜也とのこの雰囲気には覚えがあった。

それは前回のあの日。俺の青春の失敗を突《つ》きつけられた時。

『なぁ夏希。悪いな、もう庇《かば》いきれねぇよ。何より——俺がお前にムカついてる』

あの時と同じだった。

だから、このまま竜也と別れることが怖《こわ》くなった。

この辺りが引《ひ》き際《ぎわ》だと理性では分かっていながら、さらに近づく。

「竜也。何か悩んでいるなら、俺は——」

「うるせえな！　放っておいてくれっつってんだろ！」

近づくことで、逆光で見えなかった竜也の表情が露《あら》わになる。

竜也は明らかに、俺を睨《にら》んでいた。俺に対して暗い感情を向けていた。

「自分が情けなさすぎて、ひとりになりてえ時だってあるんだよ！」
言葉の意味を、測りかねた。
だから竜也に近づく足が止まる。
竜也が、情けないだって？　自分に対してそう思っているのか？
あれだけいつも堂々としていて、豪快《ごうかい》に笑っているパワー系陽キャの竜也が？
イメージと違《ちが》いすぎて、急に言われても信じられなかった。
だが、嘘《うそ》を言っているようには見えない。冗談《じょうだん》を言うような場面じゃなかった。
怪訝《けげん》そうに眉《まゆ》をひそめる俺の顔を見て、竜也は鼻を鳴らす。
「完璧超人《かんぺきちょうじん》のお前には、分かんねえだろうがな……」
今度こそ。
何を言っているのか分からなかった。
「は……？」
まさか俺に言っているわけがない。
俺に完璧なところなんて一つもなかった。
その言葉に当てはまるのは、俺じゃなくて怜太だ。だが、怜太はここにはいない。
となると、急に怜太の話を始めたのか？

何も理解できていないが、一応尋ねてみる。

「……怜太のことか？」

「お前……本気で言ってんのか？」

竜也は目を細めて俺を見る。

「どういう……？」

だが、本気で、何を言っているのか一切《いっさい》分からない。

ただ困惑《こんわく》していると、竜也は俺に背を向けた。

「……怜太のことじゃねえよ。あいつは大抵《たいてい》のことは器用にこなすが、決して完璧なんかじゃない。俺はあいつの幼馴染《おさななじみ》だからな。あいつの欠点をよく知ってる」

そんな風に語りながら、自転車の鍵《かぎ》を外す。

怜太のことじゃない……？

「……だったら、俺に言っているのか？　本気で、俺を完璧超人だと？」

「違うのかよ、夏希？　少なくとも、俺にはそう見える」

——何を馬鹿な、と鼻で笑ってもよかった。

しかし、そんな真似《まね》ができない程度には、竜也の目は真剣《しんけん》だった。

竜也としばらく目が合う。竜也は大きくため息をついて、俺の肩に手をやった。

「……悪い、夏希。気にすんな。お前のせいじゃねえんだ」

そう言って、竜也は自転車に乗って去っていった。その背中はやけに小さく見えた。

しばらく立ち尽《つ》くしていると、後ろから足音が近づいてくる。

「……ごめん、夏希。こうなるかもしれないって、予想はしてたんだ」

茫然《ぼうぜん》としたまま振り返ると、怜太が真剣な顔で俺を見ている。

「こうなるかもしれない……？　いったい、どうして？　どういう、ことなんだ？」

この期に及《およ》んで俺は何も分かってなかった。

俺に分かるのは、何か失敗をしたことだけだった。

――それは、前回とまったく同じ状態だった。

「竜也はさ、君に嫉妬《しっと》してるんだよ」

「は……？」

竜也に続いて、怜太まで理解しかねる言葉を吐き始めた。

ドッキリ大成功の看板と共にみんなが出てくる方がまだ自然だ。

嫉妬は俺がするものであって、されるものではない。そう思っていた。

「俺に、嫉妬？　俺なんかの、どこに？」

「君が人に向けられる感情に疎《うと》い理由は、その異常な自信のなさにあるんだね。あまりにも能力と釣《つ》り合ってない……だから歪《いびつ》で、ちょっと心配になる」

確かに俺は、人に向けられている感情に疎い。

前回の失敗だって、結局はそれが理由だ。俺は増長して、調子に乗って、鬱陶しがられていることに、嫌《きら》われ始めていることに気づかなかった。根拠《こんきょ》のない自信過剰《かじょう》だった。

だから、おかしい。

怜太の言うことは、前回の失敗と真逆だ。

「自信が、ない……？　むしろ、俺は自信家だよ。これ以上ない自信家だった」

何しろ、そのせいで失敗したのだ。それだけは間違いない。

「なるほどね……何となく、君の事情が分かってきたよ」

怜太が心を見透《みす》かすような目で俺を見る。

確かに前回、青春に失敗して以降は、自分に対する自信も希望も期待も何もかも失っていたけど、青春をやりなおした今は、段々と自分に自信を取り戻《もど》しつつあった。だけど俺は前回の失敗を踏《ふ》まえて、何度も自制して、謙虚《けんきょ》に、慎重に生きてきたつもりだ。

――それが間違いだったと、怜太はそう言っているのか？

「勘違いしないでほしいんだけど、別に夏希を責めているわけじゃない。むしろ、夏希は何も悪くない。……そう、何一つとして、君のせいじゃない」

だったら、どうすればいい？

完璧な振る舞いとはいかなくとも、最善の振る舞いをしてきたつもりだったのに。

――まさか、それがいけなかったのか？

「最初はバスケかな。竜也のアイデンティティだったバスケで、君が勝った。もちろんそれは君の技量によるものだ。誇《ほこ》るべきことで、何も悪くなんてない」

怜太は語る。淡々と、「人のことが見えすぎる」と言っていた目を俺に向けて。

「それ以外でも……バイトで料理を振る舞ってくれた時も、勉強を教えている時も、カラオケで歌っている時も、君は完璧だった――そして、詩はそんな君に目を輝《かがや》かせた」

「何で……詩が、そこで出てくる？」

「それは単純な話だよ。竜也は詩のことが大好きだからさ」

怜太はあっさりと言った。当然の前提を語るような口調だった。

「僕は元から知ってたけど、星宮さんと七瀬さんだって気づいてたんじゃないかな」

竜也は分かりやすいから、と怜太は苦笑した。

俺《おれ》は何も気づいていなかった。だって、いつも口喧嘩《くちげんか》をしていたから。

「この前聞いた時は、好きな人なんかいないって……」

「ま、口ではそう言うだろうね。特に君の前だと、竜也は強がるから」

茫然とする。信じられない。何も信じられないが、俺の気持ちを無視して怜太の言葉を客観的に状況《じょうきょう》に当てはめると、確かに竜也の言葉と一致《いっち》する気がする。

「……何でだよ。なんで……俺にとって、竜也は憧れだ。あいつみたいに、明るくて、楽しそうな奴《やつ》に、俺もなりたくて、そういう奴と、友達になりたくて、そうやって、楽しい日々を過ごしたいと思って、だから、俺は……なんで、俺なんかに」

言葉にならない感情を吐き出す俺に、怜太は驚いたように目を瞬かせた。

「……そうか、そうなんだね。とにかく、落ち込まないで。きっと時間が解決するよ」

それから怜太は俺の肩に手をやると、安心させるような笑みを作る。

「悪いのは竜也だ。君は何も悪くない。いいかい、君は何も間違ってないんだ」

——だったら、たぶん俺が間違っているのだろう。

今も昔も、俺は人の感情に疎すぎる。

それだけは変わらなかった。

▼第四章　君が支えてくれるなら

次の日から竜也《たつや》は話しかけてこなくなった。

というか竜也はひとりになった。俺たちと絡《から》まず、自ら孤立《こりつ》した。

朝、俺と目が合うと、そのまま目を逸《そ》らした。挨拶《あいさつ》すらなかった。上げかけた俺の手が目的を失って宙ぶらりんになった。その竜也の対応は、前回と同じだった。

詩《うた》や星宮《ほしみや》が話しかけると会話には応じるが、会話を続けようとはしなかった。俺はどうすればいいかを悩《なや》んで、時間が解決するという怜太《れいた》の助言を信じた。

「どうしたんだろうね……」

当たり前だけど、俺たちの空気も暗い。女性陣《じょせいじん》は何が起きたのかも知らないのだ。

不思議そうに、心配そうにしている。

でも、怜太は何も語ろうとしない。

だから俺が何かを語るわけにもいかない。

竜也の好きな人に関わる以上、俺からは何も言えない。

「……あ。次の授業、始まるよ」

たったひとりが欠けただけなのに、雰囲気《ふんいき》はこんなにも暗かった。

このグループのムードメーカーは詩だけじゃなく竜也も担《にな》っていたんだと気づく。

空気が重い。楽しいだなんて思えない。

みんな普通《ふつう》に話していても、どこかぎこちなさを感じる。

――こんなのが俺の望んでいた青春だなんて、口が裂けても言えなかった。

＊

竜也はひとりで昼食を食べ、放課後になるとすぐに部活へと消えた。

俺たちも何となくバラバラになっていた。星宮と七瀬《ななせ》は二人でつるみ、クラス中に友達がいる詩はいろんな人と話していた。俺は怜太と二人で竜也を観察していた。

そんな日々が週末まで続いた。

つまらない日々だった。

虹色《にじいろ》だった世界が、色褪《いろあ》せていくように感じる。

見慣れた景色に戻りつつあった。灰色の青春が俺を呼んでいた。

「――すごいじゃん、ナツ」

廊下《ろうか》に張り出された中間試験の上位成績者の名前を見て、詩が笑いかけてくる。随分《ずいぶん》久しぶりだなと感じた。詩の声には張りがなく、無理をしているように感じた。

「……ああ、ありがとな」

俺は学年一位だった。圧倒的《あっとうてき》に二位と差をつけていた。

そして七瀬が三位、怜太は十一位、星宮は四十九位で、ギリギリ上位者に名を連ねていた。よく見ると、美織《みおり》も八位に位置付けていた。詩と竜也の名前はもちろんない。

「詩はどうだったんだ？」

「えへへ、あたしはね、ナツのおかげでなんと百十位です！」

胸を張る詩。学年全体で二百四十人いることを考えると、真ん中よりは上だ。最初の惨《さん》状《じょう》を考えると十分な成果だと思う。少なくとも前回の俺よりは頭が良い。

「ねえ、あの人だよね……」

「え、顔もめっちゃタイプなんだけど……」

「頭も良いなんてね……」

成績のせいだろう。廊下に立っていると、ちらほらと視線を感じる。

それは自惚《うぬぼ》れでないのなら、羨望《せんぼう》や好意の宿った眼差《まなざ》しだ。特に女子が多い。

やりなおしている俺にとってこの程度のテストができるのは当然だが、それを知らない周りにとっては当然ではないということを、今までわかっていなかった。

——完璧超人、か。

どう考えても、その呼称《こしょう》には相応《ふさわ》しくないと思うが。

そもそも本当に完璧だったら、こんな失敗はしないだろう。こんなはずじゃなかったなんて後悔《こうかい》はしないだろう。青春をやりなおしたいなんて願いは抱《いだ》かないだろう。

「……ねえ、ナツ。土曜日、みんなで一緒《いっしょ》に遊ぼうよ。午後は空いてるんだ」

詩が俺の袖《そで》を引っ張る。その言葉に、心惹《ひ》かれた。

流石《さすが》に、もうわかっていた。

詩はたぶん、俺に好意を持っている。

竜也が俺に嫉妬する最大の原因はそれだ。

だからって俺にはどうしようもないが。

それでも感情の問題なんだから、竜也にもきっとどうしようもないのだろう。

だから傍《そば》から離《はな》れた。

なら、それは竜也の問題だ。俺が気にする必要はない。

休日にみんなで遊んで気分転換《てんかん》して、また来週から学校に通って、徐々にぎこちなさが改善され、またみんなで楽しくやっていけばいい。たとえ竜也がいなくても。
人間は変化した環境《かんきょう》に慣れていくものだ。
その一歩として、詩は俺に提案している。
「……悪い、詩。今週はひとりでいたい気分なんだ」
そうだと分かっていて、俺は首を振った。
そんな未来は認められなかった。
確かに、いくら失敗したとはいえ前回よりは良い青春を掴《つか》み取れたのかもしれない。
それでも、この失敗は致命的《ちめいてき》だ。
受け入れるわけにはいかない、計画の破綻《はたん》だ。
だって俺は、竜也と友達になるために、ここに戻ってきたんだから。

＊

俺はひとりで帰った。
今日は星宮もひとりで帰る日だけど、声はかけなかった。
誰《だれ》とも話す気になれなかった。

ガタガタと電車に長いこと揺《ゆ》られ、家の最寄《もよ》り駅に降りると雨が降っていた。

しとしととしたそれは、徐々にざあざあと土砂降《どしゃぶ》りに変わっていく。今朝の天気予報では、雨が降るなんて言ってなかったと思う。傘《かさ》は持ってきていなかった。仕方なく俺は土砂降りの中を歩き出した。全身がずぶ濡《ぬ》れになるまで時間はかからなかった。

最寄り駅から家まで、五分は歩く必要がある。

びしゃびしゃになった服を着て、とぼとぼと歩き続ける。

今の俺にはお似合いの姿だった。

「……青春のやりなおし、か」

とんだ笑い話だ。前回の失敗を活《い》かして慎重に取り組んだら、今度は完璧すぎたことが原因で失敗するなんて。灰色少年には、やはり灰色の世界しか待っていないのか。

足を止める。暗い空を仰《あお》いだ。雨が体を叩《たた》く。

「どうすればいい……？」

俺には答えが出なかった。

今から俺が何をしたところで、行き詰《づ》まりのように感じていた。

「どうせ、こうなるなら……」

やりなおさなければよかったな、と呟く。

あるいはやりなおしても、今まで通りに灰色の道を歩んでいけばよかった。

分相応の立場というものがあるのだから。

「――どうかしたの？　学年一位の秀才《しゅうさい》さん？」

真後ろから、声が聞こえた。急に雨が止《や》む。否、止んだわけじゃない。だが、俺の体はいつの間にか雨に叩かれてはいなかった。上を見ると、傘《かさ》が展開されている。

「何かあったのなら、幼馴染のよしみで話ぐらいは聞いてあげよう」

振《ふ》り向くと、そこにいたのは美織だった。いくら土砂降りの雨でも、こんなに近づかれるまで気づかないなんて、どれだけ周りが見えていないのかと俺は自嘲《じちょう》する。

美織は肩がくっつくほど近い距離まで来て、いつの間にか俺と相合傘《あいあいがさ》をしていた。

「……やめろ。こんだけ濡れてるのに、今更《いまさら》傘差しても仕方ないだろ」

「あはは、それもそうだねー。じゃあやめるよ。落ち込んでても謎《なぞ》の正論、ウケる」

美織はあっさりと俺から離れる。また雨が俺の体を叩き始めた。

「あ、でも鞄《かばん》だけは持ってあげようか？　流石にこれ以上濡れると、教科書とかノートがヤバいことになるでしょ。私、優《やさ》しいからねー」

美織はそんな風に問いながらも勝手に俺の手から鞄を奪《うば》う。

否定する間もないのだから、それはもはや質問ではないだろうと思う。

「──それで、何があったの？」

傘をくるくると回しながら、美織は笑顔《えがお》で尋《たず》ねてくる。

ずけずけと心に踏み込んでくる気遣《きづか》いのなさに、普通に苛《いら》ついた。

「お前には関係ないだろ」

「大ありだよ。だって私は、君の虹色青春計画の協力者なんだぜ？」

そういえばそんな話もしたな。

美織が怜太にアプローチするのを手伝う代わりに、俺の計画を手伝ってくれると。

確かにあの日、美織は警告してくれていた。

『──私の目には、あなたの計画に問題が発生してるように見えるよ？』

あの後すぐに電車が到着《とうちゃく》して、美織には親が迎《むか》えに来ていた。でも、その理由を知りたければ電話でもＲＩＮＥでもしておけばよかったはずだ。

俺は楽観視して、その言葉を無視した。というか、今まで忘れていた。

問題なんてあるはずがないと、そう思って。

「……だったら、協力関係は終了《しゅうりょう》だ」

警告を活かせなかったのは申し訳ないが、計画はすでに破綻したのだから。

＊

家に帰り着いた俺はまず制服を脱《ぬ》いで、シャワーを浴びる。

バスタオルで体を拭《ふ》いて、部屋着に着替《きが》えて自分の部屋に戻った。

「お、お帰りー」

美織が俺のベッドに寝転《ねころ》がりながら、ひらひらと手を振ってくる。

「……お前な、帰れって言ったろ」

「まあまあ、そう言わずにさ。にしても、この部屋は変わってないよねー」

美織は寝転がったまま部屋をぐるりと見回す。よく人の家でそこまで寛《くつろ》げるな。そもそも仮にも異性の部屋で、そんなに無防備な姿を晒《さら》すのはやめてほしい。

「……変わってない？　お前、俺の部屋に来たことあったか？」

「幼稚園《ようちえん》の頃《ころ》はあったでしょ。あ、もしかして憶《おぼ》えてない？　ひどいなー」

「そんなに昔の話かよ。幼稚園の記憶《きおく》なんかないぞ」

マジでない。まあ精神的には大学四年生だからってのもあるのか？　とはいえ高校生の時も幼稚園の頃の記憶なんてほとんどなかったような気はするけど。

「つーか、いくら何でも幼稚園の頃とは違うだろ」

「まあ本は明らかに増えたよねー。それもオタクっぽいやつ」

ライトノベルは中学一年生の時にハマってから大量に買っている。ちょっとエッチな表紙のシリーズがベッド脇《わき》に置いてあるのを見て、美織はくすくすと笑った。

「わー、男の子だ」

「……やかましいわ。ていうか勝手に見るな」

ベッドに踏み込んで美織の手からラノベを取り上げると、自然に覆《おお》いかぶさられる体勢になった美織は足をパタパタさせながら、「きゃー襲《おそ》われるー」と楽し気に笑う。

「あのな、本当に襲ってやろうか？」

「そんな度胸もないくせに。無理しなくていいよ、童貞君《どうていくん》」

美織は俺の鼻先を人差し指でつんとつつき、ベッドから起き上がる。

確かに童貞だが、なんか文句あるか？　というか美織だって処女だろう……と考えたところで、ふと気づく。……え、どうなんだ？　まさか、違うの？　最近の高校生ってそんなに進んでるの？　気になるけど、知りたくはないから聞くのはやめておこう。

美織は部屋の入口まで行くと、スマホカメラで写真を撮《と》る。

「んー、まあ本棚《ほんだな》が一つ増えたぐらいで、配置は同じだよね？　たぶん」

「まあ、確かに……ってかなんで写真撮った？　ミンスタには上げるなよ」

今週はひとりでいたいと言って詩の誘《さそ》いを断った直後に、美織と一緒にいることがバレたら気まずすぎる。同じ部活の詩と美織がミンスタで繋《つな》がっていないはずもない。

「上げないって、怜太君に勘違《かんちが》いされたら嫌《いや》だし。これはただの、久しぶり記念だね」

「……何だそりゃ？」

首をひねってから、気づく。

そう、美織は詩と同じ女子バスケ部のはずだ。

詩が普通に部活に向かっていた以上、休みではないはずだが。

どうして帰り道で俺と遭遇《そうぐう》したんだ？

「てかお前、部活はどうした？」

「んー、サボったよ」

「はぁ？」

「私は詩ほど真面目な部員じゃないからねー」

「何でサボったんだ？」

「だって疲《つか》れるし、楽しいけど面倒《めんどう》だし、たまにはサボったっていいでしょ？」

「この前まで部活停止期間だったろ？」

「それはまた別だよ。だって勉強しなきゃいけなかったし。徹夜《てつや》したり結構頑張《がんば》ったのに八位だったから、やっぱりこの学校ってレベル高いなーって思ったよ。だから、あなたが学年一位なのを見た時はだいぶ驚《おどろ》いたかな。どうしちゃったの急に」

「……まあ、頑張ったんだよ。それなりにな」

「高校デビュー、というか、虹色青春計画のために？」

頷《うなず》くと、「なるほどねー」と言いながら再びベッドに腰掛《こしか》ける美織。

「──ま、さっきのは理由の二割ぐらいだけどね」

何の話かと思ったが、部活をサボった理由に戻ったのか。美織と話していると、話が若《じゃっ》干《かん》飛ぶというか、行ったり来たりするところがあるな。マイペースなんだろう。

「じゃあ、残りの八割は？」

「詩の様子が露骨《ろこつ》におかしいからね。こりゃ何かあったなと思って聞いたんだけど、何だか要領を得なくて。詩も詳《くわ》しくは知らないみたいだから、実はあなたを捜《さが》してた」

美織は指を銃《じゅう》の形にして俺に向けると、「ばきゅーん」と呟《つぶや》く。

「なるほど。だからこんなにしつこいのか」

友達が落ち込んでいるのなら、何とかしたいと思うのは普通のことだ。

その原因が俺にある以上、こいつにも事情を話してやるべきだと思った。

「しつこいとは失礼な。あなたの協力者っていうのも本当でしょ？」

「……だから、計画はもう破綻したって」

「あなたがそう思ってるのはわかった。だから、まずは話して」

美織は優しく促《うなが》してくる。

だから、話そうと俺は思った。

でも口が動かなかった。黙《だま》っていると、美織が頭を撫《な》でてくる。

「……やめろよ、子供じゃないんだから」

「でも昔は、泣いてるあなたを私が慰《なぐさ》めてたでしょ？」

脳裏《のうり》に昔の光景がフラッシュバックする。

確かに、そんな過去もあったかもしれない。

「……でも、昔の話だ。今はお前と、そんなに仲が良いつもりはない」

幼稚園から小学校の頃は仲が良かった。

中学で疎遠《そえん》になったのは、本当は俺から距離《きょり》を取ったからだ。人当たりが良く、友達がたくさんいて、いつも皆《みな》の中心にいた美織に、身勝手な嫉妬を抱いた。

美織はそんな俺を見て、交流を諦《あきら》めたのだ。そうして俺はぼっちになった。

「ちっちゃい男だねー。まだ中学の時のこと気にしてるんだ？」

ジト目で睨まれて、俺は目を逸らす。気にしていないと言えば嘘になる。

「――ごめんね。助けてあげられなくて」

でも、そんな真剣に謝《あやま》られるとは思ってもいなかった。

「何を……あれは、俺が勝手に離れただけだ。お前が謝ることじゃない！」

だから俺は、そんな自分を変えようとしたのだ。

美織に嫉妬するばかりじゃなく、美織と同じ舞台《ぶたい》に立ちたいと思ったのだ。

それは一度目の高校生活で虹色の青春を掴み取ろうとした、きっかけだった。

「だよねー。私もそう思う。むしろ私に悪いところなくない？　ほんとに、勘弁《かんべん》してほしいよ。これでも当時は結構傷ついたんだからね？　昔から仲の良い幼馴染に、急に嫌われたんだから。それがまさか、私に嫉妬していただけだなんて思わないでしょ？」

ぐうの音も出ずに、俺は黙り込《こ》む。

じゃあ最初から謝るなよとは思ったが、美織の言葉は正論だった。

「なんでわかったんだ？　俺がお前に嫉妬していただけだって」

「全力で高校デビュー決めようとしてたからだよ。むしろ私は陽キャっぽいノリが嫌いなんだろうなって思って気を遣《つか》ってたのにさー。てか、やっぱりそうだったんだ」

「やっぱりってことは、カマかけたのか」

悔《くや》しくなって美織を睨むと、ベッドであぐらを組む奴は楽し気に笑う。

思えばその関係は、今の俺と竜也に似ている気がした。

……あの時の俺と同じ気持ちを、竜也は抱いているのだろうか。

「そんな顔をしている以上、どうせあなたが何かやらかしたんでしょ？」

図星だった。だから何も言えない。

「だから、話したくないのはわかる。恥《は》ずかしい失敗かもしれないし。でも、私はあなたを昔から知ってる。高校デビューをする前のあなたを知ってる。あなたが別にカッコよくないことも、情けないことも、人と話すのが得意じゃないことも、ちゃんと知ってる。そもそもあなたの計画が全部上手《うま》くいくなんて、ありえないって分かってる」

美織は自分のスマホで、昔の俺のみすぼらしい写真を見せながら言った。

「だから、私の前では強がらなくていい。本当のあなたを隠さなくてもいいんだよ」

なぜか目から汗《あせ》が出てきた。それが涙《なみだ》だと認めたくなかった。

だから、土砂降りの雨のせいにした。

*

雨の音がする。

ぽつぽつと、まとまりのない感情を伝えた。

すべてを語り終えた後、しばしの沈黙《ちんもく》があった。

いくら美織でも、難しい問題なのだろう。だからたぶん悩んでいる。

「……そっか。そんなことがあったんだね」

と、美織は呟く。

そして唐突《とうとつ》に立ち上がると、

「いや、あなたは本物のアホかーっ！！」

思い切り枕《まくら》を投げつけてきた。目の前が真っ白に染まる。鼻先に衝撃《しょうげき》。

「黙って聞いてれば、愚《おろ》かにもほどがある……」

「なっ、確かに俺のせいかもしれなけど、なんでお前に――」

「そこが違うんだよ！　あんたが思《おも》い詰《つ》める理由なんて一つもないんだから！」

ビシッと指を突きつけられて、俺の思考が止まる。

「……は？」

「は、じゃないでしょ。だってそれ、普通に竜也って人のせいじゃん。あなたがどう振る舞《ま》ってどんな女の子と仲良くしようと、あなたの勝手でしょ」

「だ、だとしても、結局原因は俺にあって……」

「はぁー、まさかこんなことであんなに暗い顔してるなんて……」

美織はため息をついてから、強い口調で俺に言う。

「いい？　あなたは悪くないんだから、堂々としてればいいんだよ！　少なくとも落ち込む必要なんかないし、謝る必要もない！　むしろ絶対にしちゃ駄目《だめ》だよ！」

前半の言葉は、怜太にも言われた。

確かにそうかもしれない。

だが、竜也が俺たちから離れた事実は変わらない。

そこに俺が求める虹色の青春はないのだから、どうにかしたいと思っている。

「夏希《なつき》は優しすぎるね……そこだけは相変わらず、だけど。でも、だからってあなたが何かを謝ったところで、竜也君が惨《みじ》めになるだけだよ」

どうして、と問おうとして気づいた。

もし同じ立場だったら、謝られるのが一番嫌だと。

悪いのは俺で、お前は何も悪くないのに。謝らせてしまった後悔に苛《さいな》まれる。

「……じゃあ、どうすればいいんだよ？　俺は、結局」

状況を再確認《さいかくにん》したところで、結局何も解決してはいない。

俺には何もできない。そもそも、どうすればいいのかも分からないままだ。

そこで、あの日の美織の警告を思い出す。

「……ってか、お前、俺に何か言ってたよな。俺の計画には問題がある、みたいな」

「あー、あれは別に、こんなことになると思って言ったわけじゃないよ」

美織はそう言ってから、口元に手を当てて考《かんが》え込む。

「……ただ、完全に的外れでもないかな。私には単に、あなたが気を張りすぎているように見えただけだけど。それで本当に、あなた自身は満足なのかなって」

美織の言葉に、眉をひそめた。

確かにいつも気を遣ってはいる。慎重《しんちょう》に、丁寧《ていねい》な行動を心掛《こころが》けて。

だって本来の俺を見せたら、前回のように嫌われてしまうに決まっている。

「あなたは確かに頑張ってるよ。昔のあなたを知ってる私にはよく分かる。私以外にそれを見抜《みぬ》けないぐらいには。だから多分、隙《すき》がなさすぎるんだよね」

俺の自己認識《にんしき》はともかく、周囲にそう見えることは最近分かってきた。

「可愛《かわい》げがないっていうか、完璧超人すぎて近寄りがたい印象なんだよ。そんなの、本当のあなたから程遠《ほどとお》いのにね。でも、きっと竜也君もそう思ってるだろうね」

だったら、どうすればいいのか。

「……これ以上自分を変えるのは難しいな。これでも、精一杯《せいいっぱい》やってるんだ」

美織はそんな風に答える俺の顔をまじまじと見る。

「……解決策、一つ思いついたかも。策っていうには直接的すぎるかな」

「本当か？」

俺には何も打つ手がない。

「……頼《たの》む、美織。協力してくれ」

でも、俺のことを最もよく知っている美織なら、とその手に縋《すが》った。

「――じゃあ、本当のあなたを、みんなに見せてあげようよ」

優しく言われたその言葉の意味を咀嚼《そしやく》して、俺は固まる。

それは無理だ。

だって、本当の俺はひとりぼっちの俺だ。

口下手で、いつも弱気で、誰かに話しかける勇気もなく、美織に嫉妬して距離を取り、そのくせひとりを嫌がるどうしようもない性格の男。灰色の青春を送る少年。

そんな本当の俺を好いてくれる人なんて誰もいない。

だから俺は、今こうやって自分を変えようとしているんだ。

「いい？　――私は、あなたが好きだよ」

唐突な告白。

からかっているのかと思ったら、美織の真剣な瞳《ひとみ》に囚《とら》われる。

「がんばってるあなたも好きだけど、本当のあなたも好き」

ゆっくりと、諭《さと》すような口調だった。だからその言葉が、心に沁《し》み込んでいく。

頬《ほお》が熱くなったことを自覚する。

そのせいか美織も徐々《じょじょ》に赤面して、目を逸らした。

「……でも、勘違いしないでね。あくまで友達として、幼馴染《おさななじみ》の腐《くさ》れ縁《えん》として、ね？　つまりその何が言いたいのかと言うと隠《かく》さなくてもいいんだよって話！」

「……本当に、いいのか？」

「だってさ、夏希はあの面子《メンツ》と友達なんでしょ？」

問われ、頷く。

少なくとも俺は友達だと、そう思っている。

「あなたは気を許せない相手を、本音もぶつけられない相手を、友達って呼ぶの？」

思考が停止する。その答えは分からなかった。

ただし今、俺がその状態にいることだけは確かだった。

「そんな関係のまま、あなたの目指す虹色の青春ってやつが手に入るの？」

それは確かに、その通りだった。

でも、それは変わろうとしている自分を否定されているように感じた。

「……じゃあ、俺が自分を変えようとした努力は、無意味だったたって言うのか？」

頷かれたら、どうしようかと思った。

今までの努力を否定されて、どう生きていくべきなのか。

そんな風に悩む俺に対して、美織はあっさりと、

「そんなこと言ってないでしょ。現に今、良い友達ができてるじゃん」

ただ、と美織は続ける。

「自分を変えるのと、自分を隠すのは違《ちが》う。もちろん隠すのが一概《いちがい》に悪いことだなんて言わないけど、このまま自分を隠してると、みんなは壁《かべ》を感じると思うよ」

竜也君があなたを遠ざけたのも、それが一因じゃないかなと美織は言う。

びしっと、鼻先に指を突《つ》きつけられた。

「もちろん、本当のあなたの駄目なところは私が指摘《してき》する。だから、素直《すなお》になること」

美織は得意げな表情で告げる。
「それが、あなたの協力者である私からの、精一杯のアドバイスかな?」
その言葉の意味を咀嚼する。
それが正解なのかは俺には分からない。
だけど、それは俺を最もよく知る幼馴染の言葉だ。
お前が傍で俺を支えてくれるなら、虹色の青春に手が届くかもしれない。
そう思った。
信じることにした。
俺は美織を、虹色青春計画の協力者だと認めた。

——だから俺は、素直になることにした。

それがどんなに怖《こわ》くても、恐《おそ》ろしくても、本当の友達になるために。

＊

週明けの月曜日。

登校した俺は教室に入って、そのまま竜也の目の前に立った。

こうすれば流石の竜也も反応せざるを得ない。俺を見上げて、問う。

「……何だよ？　夏希」

「ちょっといいか？」

くい、と親指を教室の外に向ける。

竜也は何も言わなかった。だから俺はそれを肯定《こうてい》と受け取った。勝手に教室の外に歩き出してみると、竜也は少し迷ったようだが、俺についてきた。

クラスメイトの視線が集まる。俺たちはこのクラスで一番目立つグループだ。その中でも特に目立つ竜也が急に孤立したんだから話題にはなっていた。それが今、ようやく会話しているのだから注目を浴びるのは当然だ。その視線の中には、星宮たちもいる。

良くも悪くも俺たちは目立ちすぎる。

教室や廊下では落ち着いて会話できそうにないので、屋上に登ることにした。

この学校の屋上は名目上は立ち入り禁止だが、鍵《かぎ》が壊《こわ》れていて実際は自由に立ち入れるので、昼休みは普通に屋上を使って昼食を食べている生徒も多い。

とはいえ、朝のこの時間なら誰もいないだろう。

俺《おれ》が階段を登ると、竜也は大人しくついてきた。

壊れかけた屋上の扉《とびら》を開く。そのまま柵《さく》付近まで歩くと、後ろを振り返った。

竜也と視線が交錯《こうさく》する。気まずそうな表情だった。

「……何の、用だよ」

「何の用だってことはないだろ。だってお前、俺たちは友達だろ？」

竜也は目を逸らした。

「……言っただろ。放っておいてくれよ」

「そりゃ、いつまでだ？　もう一週間だぞ？」

「多分、お前らのグループに俺みたいな奴《やつ》はいねえ方がいい。だから気にすんな」

「なんでそう思う？　少なくとも俺は、そんな風に思ったことはない」

「だろうな。お前はそうだろうよ。でも俺は最近、ずっとそう思ってたよ。思ってたより
ずっと、自分が女々《めめ》しい奴だって分かったからな」

いつも堂々としていたはずの竜也の立ち姿は、今はどうにも情けなく見えた。

「分かってんだろ。俺は——妬《ねた》ましいんだよ、お前のことが。羨《うらや》ましい、の領域を超《こ》えちまった。友達にそんな気持ちは抱きたくねえ。だから距離を取るべきなんだ」

「……詩と仲が良いからか？」

聞くかどうか迷った。だが、ここで踏《ふ》み込まずにどうする。

「……やっぱり、分かるもんか？」

「俺には分からなかった。怜太から聞いたんだ」

「そうかよ。ああ、そうだ。片思いだよ。中学の時からずっとな」

竜也は僅《わず》かに顔を赤くしながら、俺の隣《となり》まで歩いてくる。

柵に肘《ひじ》をついて、景色を眺《なが》めた。

「……自分がこんなに嫉妬《しっと》深《ぶか》いとは驚きだったぜ。そのくせ、お前から詩の気持ちを奪い返す術なんて何一つ思いつかねえ。お前に勝てるところなんて俺には一つもねえ。一番の取《と》り柄《え》だったバスケだって……全力でやって、簡単に負けた」

見た目ほど簡単ではなかったが、それを言っても竜也は納得《なっとく》しないだろう。

それに結局、現状ではおそらく何度やっても俺が勝つ。

それぐらいには差があった。

「──なぁ、竜也」

「謝るんじゃねえぞ」

先手を打つように竜也は言った。

「悪いのは俺だ。お前には何の責任もねえ。だから、謝るんじゃねえぞ」

竜也はそれだけ言って満足したのか、来た道を戻《もど》ろうとした。

「……もういいだろ。教室に戻ろうぜ」

「おい竜也」

「まだ何かあるのか？」

怪訝《けげん》そうに振り向いた竜也に向かって、俺は言った。

「謝るだと？　ふざけんじゃねえよバーカ。俺はお前に文句言いに来たんだよ」

「…………は？」


素直になると決めたから、本音を叩きつけていく。

いや、だって、冷静に考えたら俺が謝るのもなかなか意味不明でしょ。そもそも完璧《かんぺき》すぎて嫉妬《しっと》とか、意味分からんし……意味分からん嫉妬は俺もしていたけど。

ともかく、美織がアホだと揶揄《やゆ》した理由も分かる。

俺もお前も、両方アホなんだ。

「だいたいお前、女々しいっつーかなんつーか、もう単に馬鹿だろお前」

「……いきなり何だよ。そりゃお前から見たら――」

「――お前の目が節穴なんだよ。普通《ふつう》に考えて、完璧超人《かんぺきちょうじん》なんているわけないだろ」

ビシッと指を突きつけて、言う。

「でも、実際に……」

「あー、でも実際に、お前から見たら完璧だって言いたいのは分かった。じゃあお前、少しは考えてくれよ。こっちは入学直後で気を張ってんだよ。どんな物事でも慎重に丁寧に緊張《きんちょう》しながらやってるんだ。そりゃ完璧に見えることもあるだろ」

「緊張しながら……？　冗談《じょうだん》はよせよ」

「冗談じゃないんだなこれが。お前の見えないところで、俺は努力してんだよ。妬まれる筋合いはない。――俺から逃《に》げるなよ、竜也。ちゃんと俺と向き合え」

「お前の言ってることの何一つ、信じられねえよ。俺にはお前がそんな人間には到底《とうてい》見えねえよ。何でもあっさりとこなして、こんなの簡単ですって顔してやがる」

「そりゃこっちの台詞《せりふ》なんだよパワー系陽キャが。あっさりいろんな人と仲良くなって、能天気に青春を送りやがって。俺はいちいち精神すり減らしてんのに」

「……はぁ？」

何なら話しているうちにムカついてきたな。

なんで俺がこんな陽キャの理想形みたいな奴に嫉妬されなきゃいけないんだ。

嫉妬ってのはな、俺がお前にするべきものなんだよ！

「いいか竜也、よく聞けよ。お前が抱いている俺の幻想《げんそう》を崩《くず》してやる」

俺はドヤ顔で竜也に指を突きつけた。

今から言うことを思うと頬が熱くなってくる。

だが、本音で話すと決めたんだ。

そのためなら俺が恥《はじ》を晒しても構わない。


「俺の名は灰原《はいばら》夏希！　高校デビューした元クソ陰《いん》キャオタクだ！　以後よろしく！」


カッコいい啖呵《たんか》から、超絶《ちょうぜつ》カッコ悪い宣言だった。

竜也は呆《ほう》けた顔で「……は？」と呟いている。そりゃそうなるわ。

「嘘《うそ》じゃないぞ。なぜなら、これが中学の時の俺だ！」

竜也にスマホの画面を見せる。

そこには俺のキモデブ眼鏡時代の写真が映っている。

我ながら典型的なクソ陰キャだった。キモすぎてもうなんか泣けてくる。

「フハハ、なんか文句あるか⁉」

なんかテンションがおかしくなっている自覚はあるが、入学から隠し通してきた秘密を自分から暴露《ばくろ》しているのだから許してほしい。これが本来の俺とも言える。

「いや別に文句はねえけどよ……これが、お前？」

「嘘だと思うか？　でもよく見ると顔立ちは同じだろ」

「……マジかよ。え、マジなの？」

竜也はスマホの写真をまじまじと眺めてから、勝手にスクロールを始めた。俺がスマホに保存していた二次元美少女大図鑑《だいずかん》が大公開されていく。

「馬鹿、お前！　俺の嫁《よめ》を勝手に見るのはやめろ！」

「……信じてなかったが、これを見ると何となく信じる気になったな」

「オタクがイコールで陰キャみたいな偏見《へんけん》はやめろ。最近はそんなこともないだろ」

「……つーかお前、自分がオタクだなんて話したことなくね？」

「だから、言ったろ。気を張ってたって……つか、要は見栄《みえ》を張ってたんだよ」

目を逸《そ》らしながら、俺は言う。

改めて自分は強がっていただけだと説明するのは恥ずかしい。何だこの苦行は。それを全部こいつのためにやっていると思うと腹が立ってくる。マジでふざけんなよ。

竜也はそこで初めて、意地悪く笑った。

「……隠してたってことは、自分が一番そう思ってんじゃねえのか？」

「やかましい！　陰キャオタクの深層心理を暴《あば》くな！」

確かにそういうことになるのだろう。中学時代、俺はひとりだったから当然、ラノベやアニメにハマっていた。このグループに趣味《しゅみ》が合いそうな奴がいなかったので黙っていただけだと自分に言い訳していたが、本当は陰キャっぽいから隠していたのだ。

今時、オタクを公言している陽キャなんてたくさんいると分かっていながら。

「へぇ、これがお前の趣味で、そんでこれがお前かぁ。へぇ」

竜也は俺のスマホの写真を勝手に漁《あさ》る。やめろと言っても聞かなかった。

「このキモオタがお前ほどのイケメンになるって、何がどうなってんだよ」

「うるせ、俺は元々顔立ちは悪くないんだよ。そいつは幼馴染の保証付きだ。単に太ってたし身嗜《みだしな》みに興味がなかったからそんなだっただけだ。だから春休みに頑張った」

「……高校デビューのために、か？」

「そうだよ。俺は憧《あこが》れてたんだ、お前みたいな奴に」

「お前が、俺に？」

竜也はきょとんとする。その能天気な面が本当にムカついた。

「だからお前、それはこっちの台詞なんだよ」

ずい、と顔を近づけて睨《にら》みつける。

「その嫉妬は俺のものだ。返せ。だいたい俺が憧れてたお前が俺に嫉妬なんて、青天《せいてん》の霹《へき》靂《れき》にも程《ほど》があるんだよ。俺の陽キャムーヴなんてお前と怜太のパクリなんだから」

「その、たまに難しい言葉を使おうとするところは確かに陰キャ臭《くさ》いな」

「人が高校デビューと知ったからっていちいち揚《あ》げ足《あし》を取ろうとするなよ⁉」

俺が騒《さわ》ぎ立ててると、竜也はわざとらしくため息をついた。

「面倒臭《めんどうくさ》い奴だな、お前」

「面倒臭いのはお前だろうが！　それだけは言われたくねえよ！　女々しい理由で手間かけさせやがって！　いいから戻ってこい！　――みんな、待ってる」

目を合わせて言う。竜也の表情には露骨に迷いが見えた。

だから俺は重ねて告げる。

本当に面倒臭い奴だなと思いながら。

「逃げるなよ、竜也。そんなに詩が好きなら、奪い取ってみせろ。俺みたいなハリボテ野《や》郎《ろう》にビビってて恥ずかしくないのか？　むしろ俺がお前にビビってるけどな⁉」

何の話だ。自分で言ってて謎すぎる。勢いで喋《しゃべ》りすぎている。

でも続ける。本音を話しているのは確かだから。

「今のまま逃げてたって、詩は振《ふ》り向かないだろ。それじゃ俺には勝てないぞ？」

「……なかなか上から目線だな、高校デビューのくせに」

「そう思うだろ？　いや、そうだよな……そうなんだよ。ごめん」

「情緒《じょうちょ》不安定か⁉」

「やかましい！　こっちは急に本音を晒したからキャラに困ってんだよ！」

「……本当に見栄張ってたんだな、お前」

「ああそうだよ！　お前と違って素のままの俺じゃ評価されないから、とにかくいろいろできるようになったんだよ！　俺なんて所詮《しょせん》その程度の奴だ！　完璧なんかには程遠い！　だから、こんな奴にビビって逃げ出すなんてダサい真似《まね》はいい加減やめろ！」

怒鳴《どな》りつけるように言う。

「そんなのは――俺が憧れたお前じゃない」

風が屋上に流れる。眼前で、竜也の短髪《たんぱつ》が揺《ゆ》れた。

「つってもお前……なんて説明するんだよ。今更《いまさら》はい戻りますなんて無理だろ」

「そりゃお前、説明するしかないだろ。『ぼくは本当は詩ちゃんのことが大好きで大好きで仕方なくて最近詩ちゃんと仲の良い夏希くんが妬ましくて、しかも勝てるところが何もないから逃げ出したダサさの極《きわ》みみたいな男です』——ってなぁ！」

「そこまで言う必要あんのか⁉」

「ただの事実だろ⁉」

「だとしてもお前、んなこと言えるわけねーだろ！　いや、確かにそうだけども！　でも人に言われるとなんか納得いかねえ！　つーか、詩にバレたくねえんだよ俺は！」

「チッ、マジで女々しい奴だな。だから何年も片思いすんだよ。失望した」

「お前いくら何でもあたり強すぎだろ⁉」

「これまではお前にビビってたからな。今、ビビるような奴じゃないなって気づいた」

肩《かた》をすくめて、教室に戻るために歩き出す。

「ほら、行くぞ」

そろそろ朝のホームルームが始まる時間だ。

こんな奴のためにサボる気にはならない。

「ちっくしょ……マジでなんか釈然《しゃくぜん》としねえ……」

竜也はぶつぶつ言いながらも俺についてくる。

もう心配なさそうだ。実際どう釈明《しゃくめい》するのかは見物だが。

――などとほくそ笑《え》みながら屋上の扉を開けると、

「あ、ちょっ⁉」

「え、ええーっ⁉」

「陽花里《ひかり》⁉　ちょっと、引っ張らないで――」

ドサドサドサッ！　と三人の少女が勢いよく床《ゆか》に倒《たお》れ込む。

んん？　どういうことだ？　思考停止する。

倒れ込んだのはどう見ても、詩と、星宮と、七瀬だった。いや、七瀬もかよ。

もう一度扉《とびら》の方に目をやると、怜太が苦笑《くしょう》している。

「いやぁ、僕《ぼく》は止めたんだけどね。どうしても聞きたいって言うから――」

徐々に状況《じょうきょう》が理解できてくる。

この倒れ込み方から察するに、この三人は扉に体重をかけていた。具体的には耳を押《お》し付けて、屋上から聞こえる音をよく聞きとるために。つまりはそういうことだった。

「……じゃあ、もしかして、話聞いてたのか？」

「あー……」

何とも答えにくそうな顔をする三人。一番気まずそうなのは詩だった。

竜也に目をやると、俺以上に呆けた顔をしている。人は自分以上に動揺《どうよう》している人を見ると落ち着いてくるとか聞いたことがあるけど、どうやら本当らしい。

「えー……っと、聞いて、たよ。勝手に聞いて、ごめん」

詩は何と言うか迷った末に、とりあえず謝った。

こんな歯切れが悪そうな詩を見るのは初めてだ。流石《さすが》にデリケートな問題だからか。

詩と竜也の目が合う。詩はちょっと顔を赤くしてから、

「あー……その、ごめんね？　タツ。あたし、タツのこと友達としてしか見れないかな」

えっ、なんか、とどめ刺《さ》してる……。

流石の俺もドン引きしている。今じゃなくてよくない⁉

おそるおそる竜也の方を見ると、今にも白い灰となって消えそうだった。

「お、おい竜也！　しっかりしろ！」

肩を揺さぶると、がっくんがっくんと首が揺れる。なされるがままだった。

「うふふ……もうどうなってもいいわ……」とか呟いている。何だそのキャラは⁉

俺は茫然《ぼうぜん》としている竜也を怜太に預けると、ひそひそと詩に囁《ささや》きかける。

「何してんだ詩、せっかく俺が説得したのに……⁉」

「あ、その、ごめんね！　動揺しすぎて、つい本音が……⁉」

「声がデカい！」

やたらと詩の声が大きいせいで、さらに竜也に追加ダメージが入っている。

「あああっ、ごめん！　その、ごめんね？　タツ。でも、その、何ていうか、あたし、そうだとはまったく思ってなくて、予想外すぎただけで、気持ちは嬉《うれ》しいから……」

「……詩、それ以上はやめてくれ。竜也が限界だ」

シリアスな顔の怜太が詩の口を押《お》さえる。

「それにしても、何があったかと思えば、相当くだらないことだったわね」

七瀬のため息と共に放たれた言葉で、さらに竜也の背筋が曲がる。

「ゆ、唯乃《ゆいの》ちゃん、そういうこと言っちゃ駄目だよ……」

「そう？　私だったら気を遣って触《ふ》れてこない方が嫌《いや》なのだけど」

それから七瀬はニヤリと笑って、俺を見る。

「――ねえ、高校デビューくん？」

ああ……分かってたよ。分かってたさ。

話を聞かれていたということは、つまりはそういうことだってくらいな！

ま、まあ竜也に話した時点で知られる覚悟《かくご》はできてたし!?

何となく星宮に目をやると、彼女《かのじょ》は気まずそうに曖昧《あいまい》な笑みで、

「あー……っと、触れない方がいい？」

「…………いや、大丈夫《だいじょうぶ》です。みんなにもいつか話そうと思ってたし」

俺はがっくりと肩を落としながら答える。

すると七瀬が楽しげに笑いながら、近寄ってくる。

「じゃあ、さっき凪浦《なぎうら》君に見せていた写真を見せてほしいのだけど」

と、俺のスマホに目を向けてくる。慌《あわ》てて背中に隠した。昔の俺の姿を見られるのだけはキツい。男友達の竜也だから見せたけど、女友達にはしんどいものがある。

「わ、わたしも見たいなー」

口笛を吹《ふ》いて、わざとらしく星宮が言う。

その視線はちらちらと俺のスマホに向いていた。

「星宮まで⁉」

好きな人に見られるなんてもっと無理だ。

二人から逃げ回っている間に竜也が若干《じゃっかん》復活したのか、自力で立ち上がっている。

「ククク……もう怖いもんなんかねえぜ」

だいぶキャラを見失っていた。というか強気な言葉の割に表情が情けない。

そんな竜也を詩と怜太が心配そうに見ている。

竜也は俺を睨みつけてくる。

「夏希、許さねえからな！」

「元はと言えばお前のせいだろ！　何なら俺が巻き込まれてんだけど⁉」

「そりゃお前の自業自得《じごうじとく》だろ！」

「こっちの台詞なんだよなぁ⁉」

「――はいはい、そこまで。そろそろマジでホームルーム始まるよ」

ガンを飛ばし合う俺と竜也の間に怜太が割《わ》り込み、手を叩《たた》きながら言う。

確かに時計を見ると、後一分といったところだった。

教室まで走らないと遅刻扱《ちこくあつか》いになりかねない。みんな慌て始める。遅刻など我慢《がまん》ならないのか、七瀬は颯爽《さっそう》と走っていく。怜太も駆《か》け足で続いた。詩もそれに習おうとして、

「詩」

竜也が呼び止める。俺と星宮は最後尾《さいこうび》でそれを見ていた。

「んー、何？」

「俺は諦《あきら》めねえからな」

真剣《しんけん》な顔で宣言して、スタスタと歩いていく。

……何年も片思いを続けてきた女々しい男のくせに、やればできるじゃないか。

詩は顔を真っ赤にして立ち尽《つ》くしている。

星宮は「きゃー」と小声で言いながら詩以上に赤面していて、目が合った。何だか星宮の目がきらきらしている。この手の恋愛沙汰《れんあいざた》に興味津々《きょうみしんしん》って感じだ。

「いいよねー。青春って感じで」

楽しそうに言う星宮に、俺も同意した。ため息をついて、肩をすくめながら。

「――ああ、いいよな。本当に、青春って感じだ」

それも、虹色《にじいろ》に彩《いろど》られている。

雨上がりの虹は綺麗《きれい》に見えるというのは、たぶん本当だと思った。

▼終章　幼馴染と次の作戦へ

「──まあ、よかったんじゃないのかな？」

事の顛末《てんまつ》を聞き終えた美織《みおり》は、コーヒーを一口飲んでからそう言った。

場所は俺のバイト先の喫茶《きっさ》マレス。ここは純粋《じゅんすい》にコーヒーが美味《うま》いので、最近は客としても通うになった。店員割引も利くからな。

解決策を提示してくれたお礼として、コーヒーを奢《おご》ることにしたのだ。

二人でいるところを七瀬《ななせ》に見られると少し面倒《めんどう》だが、今日はシフトに入ってない。

「ありがとな。お前に助けられた」

「へー。珍《めずら》しく素直じゃん？」

「何だよ。素直になれってのはお前のアドバイスだろ？」

唇《くちびる》を尖《とが》らせると、美織はテーブルに頬杖《ほおづえ》をつきながら楽し気に笑う。

「──まあ、正直なところ私が何も言わなくても解決したような気はするけど」

「え？」

「だって、竜也《たつや》君だってあのままじゃ駄目だってことぐらい分かってたと思うし、これ以上長引くなら怜太《れいた》君が強引《ごういん》に引き戻してたと思うよ。たぶんね」

……そう言われると、そんな気もする。

時間が解決すると俺に言ったのは怜太だ。とすると、あるいは時間で解決しないのなら自分が解決するという意思表示だったような気もしてきた。

「……ん？　あれ？　じゃあもしかして俺の恥晒《はじさら》し、無駄《むだ》だった？」

「ふふっ、無駄だったなんてことはないと思うよ」

面白《おもしろ》いし、と美織はからかう。このネタずっと引きずられそうだな……。

「それに実際、みんなともっと仲良くなれたんでしょ？　夏希《なつき》も過去を知られて、良くも悪くも振る舞いやすくなった。無理に見栄を張る必要もないからね」

「……まあ、そうだな」

正直、星宮《ほしみや》には知られたくなかったが。

やっぱり好きな女の子の前ではカッコつけたいのが男だろう。

「──そして夏希がみんなと仲良くなれば、私も、もっと怜太君に近づける」

美織は祈《いの》るように手を組むと、赤い顔で体をくねくねさせる。

「これだけアドバイスしたんだから、その分私にも協力してよね。協力者でしょ？」

ぶっちゃけ面倒臭いが、それが契約《けいやく》だ。

俺の虹色の青春を目指す計画を手助けしてもらう代わりに、こいつが怜太と仲良くなるための作戦に協力する。俺にとっては、俺をよく知るこいつにしか頼めない仕事だし、こいつにとっては、怜太たちと仲が良い俺にしか頼めない仕事だ。利害は一致《いっち》している。

「……まあ、仕方ねえな。じゃあ、何か作戦はあるのか？」

「あるよー。題してダブルデート計画！　メンバーは私とあなた、怜太君と陽花里《ひかり》ちゃんの四人ね。あなたも陽花里ちゃんに近づけるから一石二鳥だと思って！」

「……ええ？　やだよ。それなんかもう好意全開で恥《は》ずかしいじゃん」

「恋愛《れんあい》初心者か！」

がっくりと美織は大袈裟《おおげさ》にリアクションを取る。

「俺はもっと慎重に行動したいんだよ。まだ星宮に好意を悟《さと》られたくない。まだ星宮は俺のことなんて意識すらしてないと思うし、もっと良い感じの雰囲気《ふんいき》になってから……」

「うわぁー、それビビってるだけじゃん。男らしくなさすぎー」

「何だと⁉　人が気にしていることを！　俺は単に勝算をだな――」

などと美織とぎゃーぎゃー言い合っていたら、後ろからぽんと肩を叩かれる。

振り返ると、そこにいたのは桐島《きりしま》さんだった。

「楽しそうなのはいいんだけど、もうちょっと静かにしてね？」

「あ……」

美織と共に周囲を見回し、常連客のおじさんが苦笑していることに気づく。慌ててぺこりと謝《あやま》ると、おじさんはひらひらと手を振って読書に戻った。

「……お前のせいだぞ」

「何だよー？　あなたの方が声はデカいって」

そんな風に美織と睨み合っていると、桐島さんは意地の悪そうな笑みを浮《う》かべる。

「──青春してるねぇ。一緒《いっしょ》にいるのは彼女かな？」

一瞬《いっしゅん》、何を言われているのか分からなかった。だが直後にぶんぶんと首を振る。

「「違います。こいつだけはないです」」

なんか被《かぶ》ったので再び睨み合う。

桐島さんはそんな俺たちを見てからからと笑い、仕事に戻っていった。

「……こんな疑いを晴らすためにも、早く怜太君と付き合わなきゃ」

「そうだな……俺も、星宮を彼女にしたい」

心では思っていても、いざ言葉にすると恥ずかしさが高まってきた。かぁっと頬が熱くなる。美織はそんな俺を見て「うわ……キモいね」と呟《つぶや》いた。やかましい。

「いいぜ。お前の作戦に乗ってやろう」

だって虹色青春計画の第一段階は無事に成功していると言ってもいい。

大切な友達ができて、そんな友達とグループを作って、毎日を楽しく過ごしている。

「お、言ったねー？　ようし、じゃあ細かく作戦を練ろっか――」

だったら第二段階――次の目標は、恋人《こいびと》を作ることだろう。

俺は星宮が好きだ。だから星宮を惚《ほ》れさせて、告白して、彼女にするのだ！

その目標のために、俺は再び走り出した。

＊

高校三年間、灰色の青春だった。

その後悔《こうかい》を、ずっと引きずっていた。

大切なものは失ってから気づく。だが、過去には戻れない――はずだった。

何の因果か分からないが、俺は青春をやりなおす機会を得た。

歴史を知っているからといって、何もかも上手《うま》くやれるほど俺はできた人間じゃないけど、それでも欲《ほ》しかったものを掴《つか》み取るために、今を全力で生きていく。

今を駆け抜《ぬ》けた後に振り返った世界が、虹色であると信じて。

〈了《りょう》〉

あとがき

実際のところ、私自身は青春をやり直したいと思ったことはないです。

もちろん黒歴史はたくさんありますし、当時のことを思い出すと恥ずかしさで布団をのたうち回りたくなるような出来事もありますが、全体を通して見ると、私は自分が送った青春に満足しています。私なりに精一杯やったし、それなりに楽しかったです。

しかし、それは家族に、友達に、恋人に、未熟な私の周りにいてくれる人たちに恵まれたからであって、何か一つ掛け違いがあれば、少しでも運が悪ければ、それだけで青春の色は変わっていたんじゃないかと思います。もし青春が灰色で終わっていたなら、私は「もう一度やり直したい」と願うに違いありません。今度こそ虹色の青春を送るために。

本作のテーマは、そんな発想から生まれました。

初めまして、あるいはお久しぶりです。雨宮和希《あまみやかずき》でございます。

このたびHJ小説大賞2020という栄えある賞をいただきまして、こうして出版と相成りました。当時のタイトル『灰色少年の虹色青春計画』より改題し、『灰原くんの強くて青春ニューゲーム』となりましたが、キャッチーで良いタイトルじゃないでしょうか？

まあ私じゃなくて担当編集さんが考えたんですけどね。さすたん！

さて、そんな感じで生み出された強くてニューゲームな青春ラブコメ、いかがでしたか？

もし面白いと感じてくれたなら、ツイッター等のSNSでぜひ感想を呟いてください。

きっと発売からしばらくは全力でエゴサに勤しんでいる作者が喜ぶことでしょう。

あるいは友人に薦めてみてください。読者が増えるほど次巻の希望も増えますから。

謝辞に移ります。まずはこの作品を見つけ出してくれた担当のNさん、ありがとうございます。イラストレーターの吟《ぎん》さん、素晴らしいイラストをありがとうございます。

そして本書に関わってくださったすべての方に、多大な感謝を。

この作品が少しでもあなたの心に響いたのなら、作者冥利《みょうり》でございます。

それでは、今回はこのあたりで。

また次の巻や別のシリーズでもお会いできることを願っています。

ひと月前に発売した『英雄と魔女の転生ラブコメ』（講談社ラノベ文庫）もよろしくね！

HJ文庫 https://firecross.jp/
974

灰原くんの強くて青春ニューゲーム1

2021年12月1日　初版発行

著者――雨宮和希

発行者―松下大介
発行所―株式会社ホビージャパン

〒151-0053
東京都渋谷区代々木2-15-8
電話　03(5304)7604（編集）
03(5304)9112（営業）

印刷所――大日本印刷株式会社

装丁――coil／株式会社エストール

ISBN978-4-7986-2680-2　C0193